渡　千鶴子　責任編集
橋本　史帆　編著

言葉を紡ぐ

——英文学の10の扉

音羽書房鶴見書店

ご挨拶

このたび『言葉を紡ぐ――英文学の10の扉』が出版されることになりました。執筆にかかわられた先生方のご苦労をねぎらうとともに、一言ご挨拶を述べさせていただきます。

大学教育に置ける文学教育が占める割合、あるいは英語教育における文学作品が占める割合はすっかり小さくなりました。しかし大学教育が単に「すぐに役に立つ」知識を与える以上に人間教育に重きを置くとき、文学教育は単なる知識・教養を与えることが目的ではなくなり、もっと重い意味を持ちます。文学は、仏教的に言えば「生老病死」という人間の事実を扱うのですから、その教育は学生に人生の諸問題について深く考えさせ、あるときは彼らを深く楽しませ、またあるときは深く悲しませるものになります。

先日、何十年ぶりかにイェイツの「イニスフリーの湖の小島」を読み、学生時代にはまったく感じなかったような、深い感慨を覚えました。テクスト自体は変わらないのに、大きく感想が異なるのは、あきらかに受容する側の問題です。ふと思い出したのは河合隼雄の『中年危機』の一節です。河合は、「ある場所が、標高何メートルとか、人口何人とか、その他もろもろの一般的尺度によって記述できるものを超えて、ある重みをもってくることがある」（『中年危機』朝日文庫一四八頁）と言い、その場所を「トポス」と名付け、その例に「故郷」を挙げています。そして「トポスを見いだし、そのトポスとの関連で『私』を定位できるとき、その人の独自性は強固なものになる。そのようなことができてこそ、人間は一回限りの人生を安心して終えることができるのではなかろうか。老いや死を迎える前の中年の仕事として、このことがあると思われる」（一四八頁）と書いています。イェイツにとって、イニスフリーの湖の小島がトポスと言えるのかどうかは分かりません。しかし（中年を超えていますが）私にとってイェイツの詩は、普段の忙しい生活のなかで埋没してしまっているトポスへのあこがれ（「故郷」へのあこがれ）を強く喚起したことは確かです。それは私が私なりの人生経験を経てきて、これからの人生に老いと死を感じ、心の底で自分の人生に強固な独自性と意味を欲していたためでしょう。

基本的に客観的な事実やデータを取り扱う学問とは異なり、文学を学ぶことは、自分の身を通して作者のメッセージを捉えようと試み、作者と自分との接点を探ることが基本です。それだからこそ作者のメッセージをうまく受け止められたとき、「自分を代弁してもらった」、あるいは「自分を言い当てられた」という驚きと感動があるのだと思います。今回イェイツの詩を通して、身をもって感じたことは、「生老病死」が人間の変わらない真実である限り、文学教育は「教え楽しませるために」今後も存在するだろうということです。ただ人生の長いスパンにおけるさまざまな問題を取り扱うために、かつての私のように、二〇歳前後の学生にはまったく響かないこともあるのでしょう。今まで以上に、教える側の工夫、教育方法の模索が求められるだろうと思います。

思い出せば、この企画は数年前に私が渡先生に持ち掛けたものです。その私が執筆者に名を連ねていないという事実、しかもご挨拶を申し上げることになったという事実は、何とも表現のしようがありません。さまざまな事情が重なり、私にとっての最優先事項が変わってしまったとしか言いようがないのです。渡先生はその点をよく理解してくださり、お一人で先生方をまとめてくださいました。

『言葉を紡ぐ――英文学の10の扉』の出版には何ひとつ貢献できませんでした。残念ですが、自分の非力さを恥じる一方で、みなさんの熱量の大きさを感じました。今回の出版を通して、諸先生方の研究と教育への意欲が一層高まり、結果としてイギリス文学教育の再興へとつながることを心から念じております。

二〇二三年一月

関西外国語大学外国語学部教授　玉井　久之

目次

一

「言葉」と作家

第一章 「言葉」から探る多様な性

――シャーロット・ブロンテの『教授』出版の苦渋――

渡 千鶴子

一 はじめに

OED の "new man" の項目には、特に性質や行動が以前の男たちとはある点で異なる男（男のタイプ）つまり現代の男として、一九一一年のオリーヴ・シュライナー著『女性と労働』が引用されている。シュライナーはこの著に、「〈新しい女〉と〈新しい男〉はコインの両面のようである」(253) と主張して、「現代の女性がそうありたいと思う、つまり労働する力強い女性性、自由でたくましく大胆で優しい女性性の完全な理想が、この地のどこかに存在するのなら、おそらくそれは〈新しい男〉の心の中にも存在するだろう」(258) と見解を示している。(1)

タラ・マクドナルドは、「ヴィクトリア朝後期に実際に存在した〈新しい男〉たちについてではなくて、作家が小説中に描こうとした〈新しい男〉に焦点を当て」(3)、論を展開している。「〈新しい男〉はヴィクトリア朝の紳士を固有に具現化した存在であると理解するのがベストで、ここでいう'new gentlemen'とは、女性のパートナとうまく関係を築こうとする感受性豊かな、養育を心がける家庭的な男性たちである。十全な平等意識を持つといわないまでも、〈新しい男〉と〈新しい女〉との間に、ロマンチックな関係を進歩的に築けるような友情と知性に価値を置く男性でもある。（中略）また伝統的な結婚のプロットを持つ小説に挑戦している」(3) と記している。そして「論考の中で、基準値からはみ出した男性性のモデルを考察する」(20) とも記している。

本稿では、シャーロット・ブロンテの『教授』を取り上げて、シュライナーが主張するような〈新しい女〉と〈新しい男〉はコインの両面のような価値観を持つこと、マクドナルドが言及するような進歩的な友情と知性を持つ男性が描かれていることを、まず検証する。そのあと、「基準値からはみ出した男性性」とはどのような性なのかを解明して、『教授』の出版における苦渋の選択のプロセスを跡づけてみたい。

二　『教授』という作品

ヘザー・グレンは、ミセス・ギャスケルや、『アシニーアム』の匿名記事を例に挙げて、「『教授』は不愉快で奇妙にも心を乱す書物であると広くみなされてきた」(7) と書いている。テリー・イーグルトンは、「『教授』は本質的に『ジェイン・エア』や『ヴィレット』より誠意の感じられない、理想化された作品である」(34) と批判的である。しかもこの作品は九回も出版を拒否されている。

一八五一年二月五日にシャーロットがジョージ・スミス宛に出した手紙にはこのことが記載されている(Smith 2: 572)。『教授』は、一八四六年六月に脱稿して、『ジェイン・エア』が一八四七年、『シャーリー』が一八四九年、『ヴィレット』が一八五三年に発刊されて、シャーロットが一八五五年に他界したあと、一八五七年にやっと出版できた作品である。そのような作品を分析して、〈新しい男〉像を論じる価値はあるのだろうかとの疑問が湧くかもしれない。しかし九回も拒否された理由の一つに〈新しい男〉像が描かれていたからではないかと考えている。何度拒絶されてもシャーロットは出版を諦めなかったことに、彼女のこの作品への意気込み、拘りが見て取れるのである。シャーロットは、「馬鹿な子を溺愛する親心と同じです」(Smith 2: 572)と手紙に認《したた》めている。この拘りの一つに〈新しい男〉像があったのではないだろうか。〈新しい男〉は一九世紀後半に現れたことを考慮に入れると、一九世紀中頃に〈新しい男〉像を世間が受け入れるとは思えない。それゆえ拒否され続けたのではないだろうか。

シャーロットは、ウィリアム・スミス・ウィリアムズに「作品の初めの方は弱く、物語全体が出来事にも一般的な魅力にも欠けていると分かったが、中盤や後半部、ブリュッセルの学校の部分などはすべてうまく書けていると思う。『ジェイン・エア』より核心をついており、真実を伝え、現実的だと思う。階級や職業そして品性に関して新しい視点から描写している」(Smith 1: 574)と述べている。シャーロットのこの「言葉」、中でも現実的に階級、職業、品性を新しい視点から描写したという個所を詳細に分析すれば、〈新しい男〉像が浮かび上がってくる。それゆえブリュッセルの学校の部分や後半部に焦点を当てて論じることにする。

三 フランシスと〈新しい女〉

ブリュッセルの男子校の校長フランソワ・プレと、寄宿学校のゾライード・ルテールの二人に教師として雇われていたウィリアム・クリムズワースは、ルテールに親切にされて、だんだん彼女に恋心を感じるようになる。人形のような女性、愚かな女性と結婚するのは嫌悪感を起こさせるが、ルテールは気配りができ、気概があり判断力に富み、思慮が深いので、結婚相手に相応しいとウィリアムは考える（一二章）。人形みたいな女性とは、当時定着していたドメスティック・イデオロギーに依拠していることは言を俟たない。つまり、男性と女性の生物学的相違に基づく「自然の」区分によって男性と女性の領域が別であること、女性は第一に妻であり母で、自律した存在というより本質的に「相対化された」存在であること、女性は男性より劣っていて男性に従属する存在であること（Purvis 2-3）を示唆している。そのために女性の能力は抑圧されて、活動範囲が制限されていたことは周知の通りである。ウィリアムは、当時の価値観とは違う独自の価値観を持つ男性であることになる。だが、ルテールとの結婚を意識したのは束の間のことで、彼女はプレと婚約していたことを知り、彼は失恋する。

そのような折に、ウィリアムの英語のクラスにいる一九歳の美人ではないフランシス・エヴァンズ・アンリに彼の関心が向く。彼女は、スイス人の父とイギリス人の母をすでに亡くしており、年金暮らしの叔母ジュリアンヌ・アンリに育てられた、レース直しを教える寄宿学校の教師兼生徒である。彼女は高度な教職の資格を取ることだけでなく、将来はイギリスへ行ってフランス語を教えたいという青雲の志を抱いている。今はそのための資金を調達するために、皆が軽蔑するレース直しもしているのである。フランシスは持ち前の忍耐力と努力、そして強い自立心と自尊心で、確実に知力を育んで成長する。「庭師が大切な植物の成長を見守るように、僕も彼女の変化を見守った」（一八章）とあるので、ウィリアムの手助けが関わっている。一介のレース直しの貧しい身分の生徒に手を貸す彼には、当時の社会規範から逸脱する考えが潜んでいる。生徒を最もうまく育成し、彼女の飢えた感情を大事にして、「太陽の照らない渇水状態と胴枯れ病の害毒のために、今まで内部に抑圧されていた活力を外部へ引き出す」（一八章）との比喩は、教師と生徒の関係性を示しているだけではない。当時の女性に不利な社会形態のために、たとえ男性と同じ活力を持っていても、女性はその活力を内部に抑え込まざるを得なかったという、男性と女性の関係性をも示していることを、見逃してはならない。ウィリアムの積極的な援助によって、フランシスの内部に潜んでいた文学の活力が向上すると、ルテールは、「文学的野心を女性は心に抱くべきではないのです。（中略）女性の真の使命は静かに社会的義務を果たすことにあるのです」（一八章）と、怒りを露わにしてフランシスを解雇する。ルテールのこの「言葉」は、実際にシャーロットがロバート・サウジーから受けた、「文学は女性の生涯の仕事であるはずはなく、そうあってはならないのです。女性は本来の義務を遂行すればするほど、好みや気晴らしとしてであっても、その暇は少なくなるでしょう」(Smith 1: 166–67) を思い起こさせる。シャーロットは、この「言葉」に反して、文学を生涯の仕事にして偉業を成し遂げた作家である。しかし当時、女性は家庭で自己犠牲的に男性に従うことを説いた書物がベストセラーであったので、この書物 (*The Women of England: Their Social Duties and Domestic Habits,* 1839) の執筆者であるセアラ・スティクニー・エリスは、シャーロットを訪問して抗議した (Glen 314) と注記がある。

フランシスは解雇されるが、ウォートン夫人からレース直しを頼まれる。夫人から学識あるレース直しだと見込まれたフランシスは、その後、フランス語を教える仕事に就き、ウィリアムと再会して結婚後、学校の経営者にまでなる。エレン・モアズが、「既婚女性が仕事をする理想を描いた『教授』の終章などは力作で、一八四六年としてはこの分野における画期的な出来事」(80) として、フランシスの描写を高く評価している。このような〈新しい女〉の表象を持つフランシスと結婚して、ウィリアムは幸せな結婚生活を築くことから憶測すれば、彼には〈新しい男〉の芽は十分ありそうに見える。どのように〈新しい男〉としての萌芽があるのかを、次の章で辿ってみる。

四　ウィリアムと〈新しい男〉

フランシスが解雇されたあと、ウィリアムはプレとルテールの学校を退職する。そして商人ヴィクター・ヴァンデンフーテンの息子がおぼれているのを助けたことが功を奏して、彼の計らいでブリュッセルの高校の英語教師に採用される。職を得たウィリアムは、フランシスを訪問してプロポーズする。その個所を検討しよう。

男性が愛するものを将来に渡って配慮するという考え、つまり食を与え、衣服を与えるという考えの中に、男性の力をおもねるような、男性の体面を考えた、誇りにふさわしいものがあると思っているウィリアムは、フランシスに仕事を辞めるように提案する。しかしフランシスは愛情と尊敬を持ってお互いに働き苦しみたいと強く訴える。その強い訴えに、ウィリアムは真理を認めることになる（二三章）。これは〈新しい男〉の一端ではないだろうか。ウィリアムは、男性の力や誇りより女性の主張を重視している。女性は男性より劣っていて男性に従属する存在であることが自明の理であった時代に、女性の意思を尊重したウィリアムの態度は、男性の風上にも置けない不甲斐ない男性と称されるかもしれない。しかし時代に反旗を翻す彼の態度は、勇気ある態度であり包容力でもある。男性の優位性にとらわれない、男女平等意識に基づく行為であろう。

諦めや忍耐を金言として生きている間に、本来の柔らかく快い性質が自己抑制によって吸い上げられ、ついには羊皮紙と骨だけの単なる耐乏生活を送る人形となって終わる女性たちに、ある種の疑問をウィリアムは抱いていた（二三章）。彼がこのような疑問を抱くことに、〈新しい男〉の先駆けが読み取れるのではないだろうか。

ウィリアムが、当時の男性たちとは別の、異なった考え方を持っていたことは次の引用からも察しがつく。

フランシス・アンリの中に強い愛情を感じるのは、何か特別な洞察力が僕の中にある証拠である。フランシスが美人でもなく金持ちでもなく教養があるとさえ言えないのに、彼女を僕の人生の宝物と思えるのは、僕が特別な洞察力を持つ男性に他ならない。（二三章）

彼が自認する「洞察力」は〈新しい男〉に必要な力である。「洞察力」についてパトリシア・インガムは、「女性に本能的に備わっている鋭敏な洞察力と繊細な感受性を、フランシスがウィリアム・クリムズワースに伝えた。そのために彼はよりよいまっすぐな人物、つまり一九世紀型の〈新しい男〉になった」(148) と指摘している。インガムのいう一九世紀型の〈新しい男〉には、女性の特質が加わっていることになる。インガムは、「クリムズワースに明らかに欠けている女性的な性質を、彼自身が必要としている証拠を、シャーロットは創出している」(147) と言っていることから、ウィリアムは従来の勇ましくて強い男性でないのは確かであろう。サンドラ・ギルバートとスーザン・グーバーは、「受動的で人形のような女性たちと、残忍で高慢な男性たちの世界の中で、ブロンテの男性の語り手［ウィリアム］は、最初から奇妙な両性具有的な役割を果たしている。女性にあこがれを持つ点は伝統的な男性である。しかし女性を判断するとき、例えばステレオタイプ化した人形のような女性を嫌悪するのは、少なくともありふれた男性ではない。そして自分が社会に適応できない性格であると感じるのは、さらに彼の男らしさを弱めている」(319) と論じている。

愛情と尊敬を持ってお互いに働き苦しみたいと訴えるフランシスの主張に、ウィリアムが真理を認めたのは、本節で検討したプロポーズのときだけではない。結婚後、フランシスが学校経営を考えていると言ったとき、ウィリアムは彼女の才能を認め、それを養い育ててこそすれ、それを飢えさせたり拘束したりしなかった。またフランシスも絶えず彼の意見を求め、彼の同意を得るまでは重要な変更は一切しなかった（二五章）。この二人の描写には、お互いが相手を尊重し尊敬している態度が十全に示されている。これは、「同じ山の頂上に反対側から尾根伝いに登り始め、高く登れば登るほどお互いに近づき、最終的に頂上で必ず出会う」(Schreiner 274) と、「女性のパートナーとうまく関係を築こうとする感受性豊かな、養育を心がける家庭的な男性」(MacDonald 3) を想起させる。

五　ハンズデンという人物

では、ハンズデン・ヨーク・ハンズデンに論を移そう。一般に彼は脇役として捉えられている。脇役は主役の対概念であり、あるときは主役を引き立て補佐して、物語の進行に必要な役割を務め、あるときは表立った役割はしないで進んで端役だけを務める。しかし、ハンズデンは主役の対概念とはいえないのではないだろうか。なぜなら脇役というにはあまりにも重要な役目を担っているからだ。人物造形としては、斬新な役回りである可能性を大いに含んでいることを本節で検証する。

主人公ウィリアムは、イートン校を卒業後、一〇歳年上の工場主である兄エドワードに事務員として雇ってもらう。そこで、彼は貴族出身で五、六歳年上の工場主であるハンズデンに出会う。ハンズデンは、エドワードの工場にしばしば現れて、ウィリアムと言葉を交わす。事務員の境遇にもともと乗り気でなく、奴隷のようだと思っていたウィリアムは、ハンズデンのさまざまな「言葉」に左右されるようになり、事務員を辞めてしまう。職を失ったウィリアムは、ハンズデンの紹介状を持って、ブリュッセルに行き、ハンズデンの友人であるミスター・ブラウンを介して、教職を手に入れる。このように、ハンズデンは、主人公ウィリアムの進退を左右する。とはいえ、ウィリアムのブリュッセルでの教師時代に、ハンズデンは一度も登場しない。ウィリアムのまえに現れるのは、彼の失業中である。突然現れたハンズデンは、エドワードが破産したことをウィリアムに告げるだけで、すぐにドイツへ発ってしまう。この間に、ウィリアムは職を得て、フランシスと婚約する。この婚約中に、ドイツからハンズデンは帰国する。そしてウィリアムとともに、フランシスの家を訪れて、そこで彼女と丁々発止の議論を交わす。このようにハンズデンは、物語の前半で、男性主人公の人生の転機と関わり、後半で、男性主人公を蚊帳の外において、女性主人公と激しい論戦を繰り広げる重要な役割を演じる。

ハンズデンは、男性女性を問わず強い者が好きで、かつ慣習の限界をあえて飛び超える人物を好む（二四章）。彼はフランシスがただのレース直しの女性ではなく、自らの確固とした意見を確立した独立心の強い女性であり、コンベンションの枠を超えた女性であることを、彼女との議論から見抜くのである。

ウィリアムとフランシスの結婚後、三人で夕食をともにしたあと、ハンズデンの理想の花嫁が話題になる場面（二五章）がある。この場面で用いられた「言葉」を詳細に考察して、異彩を放つハンズデン像を立証したい。

ハンズデンは裏に金文字で「ルチア」と記された象牙の細密画を取り出して、「確かに彼女と結婚したかったよ。結婚《しなかった》のは《できなかった》証拠だよ」と言う。グレンは、ここで話題になるルチアに関して、スタール夫人の『コリンヌ』［『コリンナ』］（一八〇七）の物語が多大に影響している。コリンヌは才能があって独立心の強い女性の典型、つまりヴィクトリア朝の妻の典型とはまったく異なるタイプである (315–16) と注記している。

フランシスは、ルチアが結婚の鎖ではなくて、礼節 (les convenances) を断ち切ってハンズデンがついて行けないような高い所へ飛んで行ったから、彼が結婚できなかったのだと主張する。フランシスの主張に対してハンズデンは、「意地が悪い、失礼だ」と応じる。フランシスは、彼の「言葉」を物ともせず、あなたは彼女との結婚を真面目に一度だって考えたことはなかったのよ。ルチアの才能や美しさを認めていたけれども、彼女の住んでいる世界からあなたは妻を迎えようとは一度だって考えたことはなかったのよと断言する。それを聞いたハンズデンは、「いい思いつきだ。もっともそれが本当かどうかは別問題だ」と言って、それ以上の反応を示さないで、話を逸らせてしまう。このハンズデンの態度に複雑な心理が潜んでいることを看過してはならない。ハンズデンは、伝統的に正しいと考えられる行動規範、あるいは慣例的に受け入れられる標準的な礼儀やモラルから、逸脱する人物である。ハンズデンが、慣習の限界を超える人物が好きであることは、先に触れた。ルチアはコンベンションの埒外にいたので、ハンズデンは彼女が好きになり、今も大切に思っているのである。このことは、彼が細密画をフランシスとウィリアムに見せたあと、すぐに取り戻して、仕舞い込み、上着のボタンをかける彼の行為から、容易に推測できる。しかし彼の場合、ルチアを好きであることと、彼女と結婚することはイコールにならないのである。「確かに彼女と結婚したかったよ。結婚《しなかった》ことは《できなかった》ことの証拠だよ」(I should certainly have liked to marry her, and that I *have* not done so is a proof that I could *not*.) という彼の「言葉」に注目したい。シャーロットは、彼の「言葉」に重みを持たせるために、イタリック体にしたのではないだろうか。ルチアも彼もコンベンションの外にいるので、二人の世界は同じ領域になる。従って結婚できるはずである。それにもかかわらず、結婚できないとハンズデンは言う。つまりハンズデンはルチアとも違う世界にいることになる。彼は、ヘテロセクシュアルな世界ではない世界にいるのではないだろうか。つまり性的マイノリティの世界に住んでいるのではないだろうか。ハンズデンは、LGBTQ+[2]の可能性を示していると言えば過言であろうか。そう解釈すれば、「確かに彼女と結婚したかったよ。結婚《しなかった》ことは《できなかった》ことの証拠だよ」と言うハンズデンの「言葉」の旗幟が鮮明になる。
ハンズデンが性的マイノリティであることを明確化している描写は他にもある。ウィリアムが、ハンズデンの顔立ちを観察する描写に、性的マイノリティを見て取ることができる。

ハンズデンの顔立ちは小さくて女性的でさえあることに気づいて驚いた。（中略）彼の内面と外面は対照的で競い合ってさえいることが見抜けた。というのも彼の魂は彼の肉体を形成している線維や筋肉より多くの意志や野心を持っていると思ったからだ。「肉体」と「精神」の食い違いの中にあの発作的な憂鬱の秘密があるのだろう。（中略）彼の顔立ちには適応力があり、それぞれに個性の刻印があった。好きなときに表情が顔立ちを作り変え、不思議な変形を成し、今は不機嫌な牡牛のような表情であっても、すぐに抜け目ないいたずらっぽい少女のような表情になる。よくあることだが、二つの外見が混じって奇妙ないろいろな要素を含む顔立ちを作っていた。（四章）

この引用部を、ギルバートとグーバーは、「ハンズデンはいくぶん両性具有的な人物である」(332)と解釈する。インガムは、「男性性と女性性の混在は、多少グロテスクであることを示唆している」(148)と述べる。サリー・シャトルワースは、「ウィリアムの主体性や一貫性を脅かす主たる存在は、彼の兄ではなくて、不可解なハンズデンである。（中略）クリムズワースはハンズデンの性的な無定形さに悩まされている」(128) と提唱する。これらの見解は、言葉は少しずつ違うが、ハンズデンが男性と女性を併せ持つ存在、あるいは男性か女性かの区別がつかない存在であることを表している。イーグルトンの「クリムズワースは、肉体を自分とヨーク・ハンズデン、つまり彼の苦悩の元である彼の《分身〔オールタ・エゴ〕》と比較してもいる」(35) という見解から、ウィリアムがハンズデンによって悩まされていると判断できる。ウィリアムがハンズデンに悩まされているのは、ハンズデンが性的少数者であるからではないだろうか。

「基準値からはみ出した男性性」(MacDonald 20) を、LGBTQ+と捉えたい。そうであれば、ヴィクトリア朝の性的コードの攪乱の問題を孕んでくる。視点を変えていえば、男性と女性にカテゴライズされない境界線の不明瞭さの問題を考慮しなければならなくなる。もちろん性的少数者の問題は決して新しいものではないので、シャーロットが性の多様性を視野に入れていたことは考えられる。とはいえ、ハンズデンを前面に押し出して描かなかったことから、性的マイノリティを可視化することまで考えてはいなかっただろう。しかし、「ハンズデンは、癖がありすぎるわけではないし、無神経が度を越しているわけではない。ユニークだが異常ではない。安定しているが、それに自己満足を感じているわけではない。落着きがないが、気が狂っているわけではない」(Eagleton 38) という複雑な人物評が生まれることを、シャーロットは予期していただろう。少なくとも、彼女は性の多様性を意識していたのだ。異性愛者だけが正常で、そこから逸脱する者は異端視されたり差別化されたりすることに一種の懐疑を抱いていたのではないだろうか。ヘテロセクシュアルは、多様な性的指向（sexual orientation）の一つであり、シスジェンダー（cisgender）[3]も多様な性自認（gender identity）の一つであるだけで、それがすべてではないと認めれば、ハンズデンはより理解しやすい人物像となる。

ジル・メイタスは、「もちろん、二〇世紀や二一世紀の小説の読者なら遭遇することを予想するような、性関係の生々しいあからさまな描写は見当たらない。しかし、彼女たちの作品の最初の批評家たちの見解によれば、ブロンテ姉妹は性についてあまりにも多くのことを知っており、そして書いたのだ」（330）と力説して、論文は次のように終わっている。

> ブロンテの描く小説のセクシュアリティは、主として異性愛である。だが批評家は、学校劇でルーシー・スノウが男性の衣服を身に纏ったり、ジネヴラに求愛する演技は、異性愛の力学への興味ある介入であると解釈している。また小説は、セクシュアリティと人種に関しての一九世紀に広く行き渡っていた想定に基づいてもいる。つまり、東洋人やカリブ海とアフリカの人たちは、セクシュアリティの過剰と結びつけられている。しかし彼女たちの時代の文化の、セクシュアリティに関する多くの標準的観念を反映しているとしても、ブロンテの描く小説は、その時代の多くのものよりずっと大胆でもある。（333–34）

シャーロットは、性への関心が強く、知識が豊富であったことは、メイタスの論述から一目瞭然である。シャーロットにとって、ハンズデンをLGBTQ+のいずれかのタイプとして描くことは可能であっただろう。しかし当時の社会情勢からすれば、フランシスを〈新しい女〉像として描き、ウィリアムを〈新しい男〉像として描くことに非難があっただろう。ましてやハンズデンを性的マイノリティとして描写すれば、世間の受け入れ態勢は皆無になってしまう。それを怖れたシャーロットは、ハンズデンを不透明な人物像に仕上げたのである。読者や出版社に理解されない人物を絶対に避けなければならないことは、歴然としている。シャーロットは、本意を殺してでも、『教授』を出版することに情熱を持っていた。ではどのようにして、自らの意図との互譲を図ったのであろうか。ウィリアムとフランシスのこどもであるヴィクターの描写に鍵がある。

六　ヴィクターを巡って

ハンズデンからプレゼントされたヨークと名づけられた犬を、ヴィクターは大変気に入り、ヨークといつも一緒に行動していた。ある日、ヨークは狂犬病にかかっているらしい犬に噛まれる。そのため、ウィリアムは即座にヨークを射殺する。ギルバートとグーバーは、「クリムズワースは犬を射殺したかっただけでなく、犬が象徴するものを殺したかった。今や家長であり教授である彼は、犬のヨークと同様に、ヨーク・ハンズデンを、生活の中の病的に狂った要素と見ている」(334)

と分析する。確かに、「今や家長であり教授である」ウィリアムは、ハンズデンに頼っていた若い頃と同じではない。一方、ヴィクターは、ヨークを射殺した父に激怒して父を憎み、犬をくれたハンズデンにより一層懐くようになる。「ヴィクターがハンズデンを好む気持ちは、ウィリアムが以前ハンズデンに抱いていたものよりずっと強くて、断固としており、見境のないものである。そのために、フランシス同様ウィリアムも、表現できないある種の不安を感じるようになる」(二五章)とある。「表現できないある種の不安」とは何であろうか。それは、このままの状態を維持すれば、ヴィクターは益々ハンズデンが好きになり、ハンズデンの影響を受け、ハンズデンの側に立つことになって、ヴィクターもコンベンションの埒外に価値を置くことになるだけでなく、性的マイノリティの世界と関わるかもしれないという不安であろう。この不安を解消するために、ヴィクターをイートン校へ送って、ハンズデンとの間に距離を保つ計画を立てる。実際には、イートン校へ行くのはまだ先のことであるうえに、ウィリアム家をしばしば訪れるハンズデンと親しくしないわけにもゆかない。このように途方に暮れるウィリアムに手を差し伸べるのは、実は、何も知らない幼いヴィクターなのである。

ハンズデンがウィリアム家を訪れる小説の最後の場面を見てみよう。「ハンズデンの足音が聞こえる。彼は身をかがめて、格子戸をくぐり抜け、容赦なくスイカズラの蔦を払いのけ、二匹の蜜蜂と一匹の蝶の心をかき乱す」(二五章)。この描写は、ハンズデンがやって来て、遠慮会釈なく、この家族の中に入り込み、三人を不安にさせることを象徴した比喩表現である。シャーロットは、この表現によってハンズデンが三人に歓迎されていないことを読者に知らせている。ウィリアム家に入ったハンズデンは、用意されたお茶のテーブルに就くが、そこには彼とヴィクターしかいない。そこでハンズデンは、ウィリアムとフランシスが加わらないのなら、ヴィクターと二人でお茶を始めると彼らに伝える。その直後、ヴィクターが「パパ来てよ」と叫ぶ。小説はここで終わっている。たった一言だが、含蓄のある叫び声である。シャーロットは、父親の存在の大きさを読者に印象づけるために、この叫びとも思えるウィリアムへの呼びかけを、最後の一行に置いたのではないだろうか。幼いこどものあどけなさが溢れた、力強い仕掛けである。犬のヨークを殺した父であっても、幼いヴィクターにとっては、掛け替えのないたった一人の父親であることを強調している「言葉」である。

作家は、伝統的な価値観や既成の価値より、新しい価値観を作品に反映させたくても、時代の要請に応じた作品を創作しなければ、その作品は日の目を見ることはできない。であれば、作家は描きたいものをすべて作品の中に反映させることより、出版可能な作品を執筆しなければならないことになる。時を経て素晴らしい作品であると評価されても、出版当初は酷評を浴びる場合が少なくない。酷評であっても批判されるだけましであって、出版を拒否されると作品はその命を落とすことになる。

『教授』が九回もの拒否にあったことを鑑みると、シャーロットにとって、時代にマッチした作品を執筆することが第一義であったのだ。それゆえ、ハンズデンを意図的にあいまいな存在として描かざるを得なかったのではないだろうか。〈新しい男〉のその先にある存在として可視化することは伏せておかなければならなかったのだ。

ハンズデンに懐いていたヴィクターの気持ちが、実は、ウィリアムに向いていることを読者に知らせなければならなかった。それはシャーロットにとって最重要課題であった。ウィリアムを脅かすハンズデンの存在を、性的マイノリティの存在を、打ちのめす必要性があったのだ。それゆえシャーロットは寸鉄人を刺す「言葉」として、ヴィクターに「パパ来てよ」と最後に言わせたのである。

注

＊本稿は、二〇一九年一一月三〇日、大阪市立大学（現大阪公立大学）の英文学会に於けるシンポジウムのゲストパネリストとして発表した論考を基にしたが、大幅に加筆修正している。

（1）オリーヴ・シュライナーもタラ・マクドナルドも〈新しい女〉と〈新しい男〉を大文字表記で記載しているため、以後この山括弧表記を用いる。エマ・ヒューイットが、一八九七年三月に『ウェストミンスター・レヴュー』に投稿しているエッセイは、興味深いタイトル（"THE 'NEW WOMAN' IN HER RELATION TO THE 'NEW MAN'）である。

（2）LGBTQ+としたのは、性の多様性は流動的だからである。LGBT あるいは LGBTQ が現時点では分かりやすい。しかし性的指向であるLGBと性自認であるTを一緒に扱うことになる。それゆえSOGIも考えたが、SOGIは*OED*に掲載されていない。*OED*にdraft additionsとして二〇〇六年に“LGBT,”二〇一八年に“LGBTI,”そして“LGBTIQ (also LGBTQI)”が記載されている。以上はまだ十分なアップデートではなく、修正版としての日付はオンライン上で二〇二一年六月である。因みに、LGBTを扱った映画として第八九回アカデミー賞でノミネートされ、作品賞を受賞した*Moonlight* (2016) は大学のテキストに採用されている。

（3）出生時に充てられた性と、自らが認める性が一致する性。*OED*の二〇一八年三月のオンライン上での修正版には以下が記載されている。“Designating a person whose sense of personal identity and gender corresponds to his or her sex at birth; of or relating to such persons. Contrasted with transgender.”

引用文献

Brontë, Charlotte. *The Professor*.1857. Ed. Heather Glen. London: Penguin, 1989.

“Cisgender.” *The Oxford English Dictionary*. Online. 31 Mar. 2018.

Eagleton, Terry. *Myths of Power: A Marxist Study of the Brontës*. London: Macmillan, 1975.

Glen, Heather. Introduction and Notes. *The Professor*. By Charlotte Brontë. London: Penguin, 1989.

Gilbert, Sandra M. and Susan Gubar. *The Madwoman in the Attic: The Woman Writer and the Nineteenth-Century Literary Imagination*. 2nd ed. New Haven: Yale UP, 2000.

Hewitt, Emma Churchman. “The ‘New Woman’ in Her Relation to the ‘New Man,’” *The Westminster Review* (1897): 335–37.

Ingham, Patricia. *The Brontës*. Oxford: Oxford UP, 2008.

“LGBTIQ (also LGBTQI).” *The Oxford English Dictionary*. Online. 30 June 2021.

MacDonald, Tara. *The New Man: Masculinity and Marriage in the Victorian Novel*. London: Routledge, 2016.

Matus, Jill L. "Sexuality." *The Brontës in Context*. Ed. Marianne Thormählen. Cambridge: Cambridge UP, 2012. 328–34.

Moers, Ellen. *Literary Women*. London: W.H. Allen, 1977.

"New man." *The Oxford English Dictionary*. Online. 27 Sept. 2019.

Purvis, June. *A History of Women's Education in England*. Milton Keynes: Open UP, 1991.

Schreiner, Olive. *Woman and Labour*. London: T. Fisher Unwin, 1914.

Shuttleworth, Sally. *Charlotte Brontë and Victorian Psychology*. Cambridge: Cambridge UP, 1997.

Smith, Margaret. Ed. *The Letters of Charlotte Brontë with a selection of letters by family and friends*. 3 vols. Oxford: Oxford UP, 1995–2004.

Williams, Merryn. *Women in the English Novel: 1800–1900*. London: Macmillan, 1985.

第二章　死の冒険から見るJ・M・バリとD・H・ロレンスのつながり(1)

山内　理恵

一　死の冒険

Ｊ・Ｍ・バリとＤ・Ｈ・ロレンスは、それぞれの作品で死を冒険になぞらえる。バリはピーター・パンに「死ぬことはすごく大きな冒険」（三幕一場）と言わせ、ロレンスは小説『恋する女達』と晩年の詩二編で死の冒険という表現を使った。ロレンスが若い頃からバリの作品に親しんでいたことを考えると、彼が作中で死を冒険に重ねた時に、バリの言葉が脳裏にあった可能性がある。そこで、本論ではロレンスとバリが共に死を冒険に喩えた点に着目し、二人の関係性を探る。そして、彼らが死を冒険と呼ぶに至った背景に共通する伝記的要素と価値観を考察する。

二　死と冒険を結びつけた人達

近年ではＪ・Ｋ・ローリングが『ハリー・ポッターと賢者の石』（一九九七）でダンブルドアに死

を冒険と呼ばせている。しかし、一般的に死という不吉な言葉に冒険という前向きな言葉を結びつけることは珍しい。死を旅路に結びつけた文筆家はジョン・ラスキンやJ・R・R・トールキンなどがいるが、旅と冒険は違う。旅人は望まない旅を強いられる時もあるが、冒険者は目的地にたどり着くまでのプロセスを楽しもうとする。そこで調べてみたところ、バリが『ピーター・パン』を発表した一九〇四年以前に死と冒険を結びつけた人物は見つからず、『恋する女達』が出版された一九二〇年以前では二名見つかった。一人目は物理学者のオリバー・ロッジで、一九一一年出版の『理性と信念』では「誰も死の冒険から逃れられない」(14)や「死が冒険であることは皆が認めるだろう」(15)、一九二九年出版の『まぼろしの壁』では「死は冒険である」(96)と述べている。二人目はバリの作品の上演も手掛けたアメリカ人劇場プロデューサー、チャールズ・フローマンで、一九一六年に出版された彼の伝記『チャールズ・フローマン マネージャーとして 人として』によると、乗船していたルシタニア号が一九一五年五月七日に沈没した際に彼は『ピーター・パン』の台詞を引用して「なぜ死を恐れるのだ。死は人生の中で最も美しい冒険だ」(Web)と言った。

膨大な読書量を誇るロレンスがロッジやフローマンの言葉を知っていた可能性はある。また、他に死と冒険を結びつける表現に出会う機会があったかもしれない。しかし、そうだとしても、当時イギリスで大流行した『ピーター・パン』と、その中でも死ぬ直前にフローマンがとっさに引用したピーターの台詞を、ロレンスも知っていた可能性は高い。

三　手紙と伝記に見られるロレンスとバリの接点

バリは一八六〇年五月九日にスコットランドのキリミュアで機織り職人の息子として、ロレンスは二五年後の一八八五年九月一一日にイギリスのノッティンガムシャーで炭鉱夫の息子として生まれた。労働者階級出身の彼らは共に文筆で成功を収め、ロレンスが一九三〇年三月二日にフランスのヴァンスで亡くなるまで同じ時代を生きた。バリはロレンスより長く生き、一九三七年六月一九日に亡くなった。

ロレンスは若い頃からバリの作品を読んでいた。一九〇八年七月一〇日ルイ・バローズ宛の手紙で、彼はバリの劇『小さなメアリ』を真似て「僕は小さなメアリの調子が悪い」と書いている (*The Letters of D. H. Lawrence I* 60)。(2) 小さなメアリとは、主人公の少女が胃を指して使った表現である。この手紙は、彼が『小さなメアリ』に親しんでいたことをうかがわせる。また、一九一〇年八月六日ジェシー・チェンバーズ宛の手紙で、ロレンスは自分がバリの小説『センチメンタル・トミー』と『トミーとグリゼル』の主人公トミーと同じ問題を抱えていると明かす (*The Letters of D. H. Lawrence I* 175)。よって、彼がこれらの小説にも親しんでいたことが分かる。

バリとロレンスは、短い間だが交流があった。一九一三年一二月一七日、ロレンスはエドワード・マーシュへの手紙の中で、バリから手紙が届き、ロレンスを誇りに思うと書いてあったと報告する (*The Letters of D. H. Lawrence II* 120)。シンシア・アスキスも、バリが『息子と恋人』に強く感銘を受けてロレンスにファンレターを送ったと回想し (*D. H. Lawrence: A Composite Biography I* 445)、マーシュは一九一四年九月一二日モーリス・ヒューレット宛の手紙で、バリが『息子と恋人』を若い世代の作品の中で最も良いと評価したと伝える (*The Letters of D. H. Lawrence II* 224–25)。アスキスによると、ロレンスもバリの『マーガレット・オギルヴィ』を大変気に入っており、バリからの手紙を受けて妻フリーダを伴い彼に会いに行った。その時にフリーダが、ロレンスと自分のオーストラリア行きの旅費をバリにせがんで困らせたとある (*D. H. Lawrence: A Composite Biography I* 445)。

　フリーダの歯に衣着せぬ依頼と共に、その後バリをロレンスから遠ざけた出来事がある。ロレンスの友人ジョン・ミドルトン・マリが親しかったギルバート・キャナンは、一九一〇年にバリの元妻メアリ・アンセルと結婚する。その後、一九一四年後半から一五年に、ロレンス夫妻はバッキンガム州チェシャムでキャナン夫妻の隣に住み、交流を深める。この友情はバリをロレンスから遠ざけた。ロレンスは一九一七年一月一六日マーシュ宛の手紙で、自分とキャナン夫妻が親しいため、バリは自分を支援しないだろうと綴っている (*The Letters of D. H. Lawrence III* 77)。デヴィッド・エリスは、ロレンスがメアリ・キャナンとのつき合いを通してバリの特異な結婚生活を知っていたと推測する。エリスによれば、バリには美しい女性に非肉体的な親密さを求める複雑な欲求があったという (272)。アンドリュー・バーキンは、バリとメアリの結婚の破綻の理由についてG・メレディスの息子ウィルの手紙を引用し、バリ夫人には女性としての欲求があり、一方でバリは性的な意味での男らしさをほとんど持ち合わせていなかったと説明する（一九〇）。このような事情もあり、バリは元妻メアリと親しくなったロレンスに近づきたがらなかったようだ。

ロレンスも次第にバリから距離を取る。チェンバーズは、一緒に『トミーとグリゼル』を読んだ二、三年後にロレンスが、「バリの妻が彼のもとを去って、彼が支援していた作家と一緒になった」と言い、バリの本を読まないよう伝えたと回想する (*D. H. Lawrence: A Composite Biography III* 582)。そして一九二〇年六月七日ロバート・マウンツィエ宛の手紙でロレンスは、自分はバリやヒュー・ウォルポールと異なり、単なる商売の企画として扱えない特別なタイプ「の作家」であり、「売るためには」異なるアプローチが必要だと書いている (*The Letters of D. H. Lawrence III* 547)。似た内容は一九二九年二月一七日の『サンデー報知』に掲載された「自伝的スケッチ」にも見られる。彼は、自分がバリやH・G・ウェルズと同じ庶民であるにもかかわらず、彼らと違って高い人気や収入や地位を得られない理由を、中産階級に馴染めないためと考えた。そして、中産階級の薄っぺらいうぬぼれのために仲間や動物や大地への熱い想いや血の共感を手放すことはできないと述べている (596)。言い換えれば、ロレンスはバリが中産階級になり下がったと考えていたと言える。しかし、その一方で、一九二一年三月二五日マウンツィエ宛の手紙でロレンスは発禁処分となった『虹』を応援してくれそうな人物のリストにバリを含めている (*The Letters of D. H. Lawrence III* 693)。心底ではバリが今でも自分の作品を評価してくれると期待したようである。おそらくロレンスの期待は正しかった。バリとロレンスの関係についてアスキスは「奇妙に思えるかもしれませんが、これら二人の男性達は、作品もご自身も大きく異なりますが、互いに相手を賞賛していました」(*D. H.*

Laurence: A Composite Biography I 445）と証言する。

四　『マーガレット・オギルヴィ』と『息子と恋人』

ロレンスが『マーガレット・オギルヴィ』を、そしてバリが『息子と恋人』を気に入ったのは意味深い。なぜなら、両方とも著者の自伝的要素が濃いからである。以下では、彼らが互いの作品に惹かれた背景を、母親との関係性に焦点を当てて探る。

▼『マーガレット・オギルヴィ』に見られるバリと母親との関係

母親マーガレットへのバリの憧れは回想記『マーガレット・オギルヴィ』に溢れている。バリは六歳の時に一三歳の兄デイヴィッドをスケート事故で喪《うしな》う。デイヴィッドは母親のお気に入りだった。そのため、彼の死にショックを受けた母親は何ヶ月もの間寝込んでしまう。少年バリは、母親の部屋の扉が閉められ、中が暗くて物音が聞こえない状態に怯え、戸口に立ちすくむ。すると、バリを死んだ息子と間違えた母親が「お前かい？」と声をかける。「いや、彼じゃないよ、単に僕だよ」と言うバリの返事に、彼女は再びベッドで泣き出し、両手を宙に伸ばしたという（一章）。悲嘆に暮れる母親の関心を何とか自分に向けたいバリは、兄が生前に半ズボンのポケットに手を入れて仁王立ちになり、楽しそうに口笛を吹いたことと、彼の口笛が母親の気持ちを明るくしたことを知る。そして、死んだ兄の真似を試みる。兄が吹いていた曲を調べ出して練習し、兄の服を着て母親の部屋に行き、「聞いてよ」と勝ち誇ったように叫んで兄と同じポーズで口笛を吹き始めた。このエピソードは、少年バリが母親の注意を引きたいのと同時に彼女を喜ばせ元気づけようとした様子を伝える。『マーガレット・オギルヴィ』の中でバリは、母親を喜ばせることが「幼い頃から僕にとって唯一の変わらない大望だった」（三章）と記す。

また、六歳の頃よりバリは母親の少女時代の話に夢中になり、何度も話すよう彼女にせがんだ。マーガレットは八歳で母親を喪い、子供の時から全ての家事をこなした。同世代の子供達と無邪気にゲームを楽しむ時もあったが、彼女の日常は父や弟の世話をすることだった。床を磨き、衣服を縫い、洗濯やアイロンがけをし、水を運び、料理をした。また、生活費を抑えるために商人達に値段を掛け合ったり、他の女性達とうわさ話をしたり、包容力のある微笑みで男性達の機嫌を取ったりと、通常は成人女性が行うようなことをやってのけた。赤紫色のドレスに子供用の白いエプロンドレスを着けた彼女が歌いながら父親の仕事場に弁当を運ぶ様子は、『マーガレット・オギルヴィ』に繰り返し描写される。また、彼女は赤ん坊を抱くのが大好きだったともある。

『マーガレット・オギルヴィ』の中で、バリはマーガレットの有能ぶりを紹介する。例えば、手元にファッションプレートがなくても通りすがりの人の服装を見るだけで彼女は同じ形の服を作り上げた。自慢のお手製フリルつきの洗礼用衣装は自分の子供だけでなく他の多くの赤ん坊にも使われた。記憶力が良く、会話の中で大好きなトマス・カーライルの手紙を正確に引用できた。また、バリはR・L・スティーブンソンからサモア島ヴァイリマの自宅に招待を受けた際に「行くことは考えられなかった。一日たりとも後ろ髪を引かれずに彼女の傍から離れることはなかった。そして、[彼女がいる家に]帰る時ほど僕が早足になることはなかった」(七章)と、母親の傍から離れたくない当時の気持ちを回想する。バリは、自分のヒロインのモデルはすべて母親だと告白する。『ピーター・パン』で弟や孤児達に嬉々と母親役を演じる少女ウェンディも、『センチメンタル・トミー』で赤紫色のドレスに白いエプロンドレスを着けた少女グリゼルも、『トミーとグリゼル』で赤ん坊の世話が大好きな大人のグリゼルも、すべての原型はバリの母親なのである。このように『マーガレット・オギルヴィ』は、バリにとって母親がいかに大きな存在であったかを伝える。

▼『息子と恋人』に見られるロレンスと母親との関係

『息子と恋人』はフィクションだが、ロレンスの両親の出会いと結婚、夫婦間の異なる価値観と絶え間ない口論、子供達の誕生と成長などが、登場人物達を通して描かれる。特に主人公ポール・モレルはロレンス自身の幼少期から青年になるまでを反映し、自伝的要素が濃い。

バリと似て、ロレンスは幼い頃から母親リディアに強い愛着を抱いていた。その経緯は一九一〇年一二月三日、母親の死を目前にレイチェル・アナンド・テイラーに宛てた手紙に説明されている。

[両親の]結婚は物理的に血を流すような戦いでした。僕は生まれた時から父を憎みました。僕

が覚えている最初の記憶は、父が僕に触れた時に恐怖で震えたことです。これが僕と母との絆でした。僕達は息子と母親として、そして同時にほとんど夫婦であるかのように互いを愛しました。僕達は本能的に互いを察知したのです。(*The Letters of D. H. Lawrence I* 190)

また、その三日後に書かれたルイ・バローズ宛ての手紙では「[母は] 僕の最初で偉大な恋人でした。彼女は素晴らしい、稀な女性でした。君は知らないだろうが、強くて、断固としていて、太陽のように気前が良いのです」(*The Letters of D. H. Lawrence I* 195) と、彼女への強い敬愛の情を綴っている。

ロレンスも一六歳で七歳上の兄アーネストを亡くす。アーネストは当時ロンドンで働いていたが、肺炎を伴った丹毒のため一九〇一年一〇月一一日に死亡する。この出来事は『息子と恋人』でポールの兄、ウィリアムの話として描かれる。バリの母親がデイヴィッドを一番愛したように、リディアはアーネストに最も大きな期待をかけていた。アーネストが死んだ時の彼女の様子は、『息子と恋人』のモレル夫人に描写される。ポールが「母さん」と呼び、半泣きで抱きつくのにも気づかず、放心状態の彼女は棺の前で「私の息子、私の息子」と繰り返す。その後、口数が少なくなり、人生を楽しむことを止めて引きこもる。そして、必死に話しかけるポールの言葉に無関心な状態が続く。しかし、一二月にポールが、現実にはロレンスが、重い肺炎にかかり生死を彷徨うと、母親は死んだ息子でなく生きている息子に関心を払うべきと気づく。そして、懸命な看病を通して彼女の愛情は弟に移行する。ポールが回復する頃には「モレル夫人の人生は今やポールに根差していた」（六章）とある。

一方で、バリと異なり、ロレンスは母親の支配的な愛情に葛藤する。『息子と恋人』のモレル夫人はポールの幼馴染ミリアムを「男の魂を吸い出して男をダメにしてしまうタイプ」（七章）と考え、ポールの傍から排除しようとする。ポールは母親の介入に反発しながらも母親の意向に従う。現実世界ではロレンスと幼馴染チェンバーズとの関係をリディアが嫌い、引き離そうとした（Worthen 161–62）。結果的にポールはミリアムと、ロレンスはチェンバーズと別れる。

ただし、ポール、そしてロレンスが幼馴染と別れたのは、母親の介入だけが原因ではなかった。ロレンスは幼馴染に愛情を抱いていたが、それは異性としてではなかった。このことは、彼がチェンバーズに言った「君が男だったら全て完璧だったのに」（*D. H. Lawrence: A Composite Biography I* 63–64）という言葉からもうかがえる。一九一〇年八月六日チェンバーズ宛の手紙でロレンスが『センチメンタル・トミー』や『トミーとグリゼル』のトミーを自分と重ねたのは、トミーが幼馴染グリゼルを大切に思う一方で女性として愛せない点が自分と似ていたためと考えられる（Worthen 264–65）。『息子と恋人』でポールはミリアムを恋人として見られず、異なるタイプの女性クララの愛人となるが、彼女とも満足な関係を築けない。ロレンス自身も、チェンバーズとの関係に苦悩した時期に複数の女性と交際する。クロイドンの小学校の同僚に紹介されたヘレン・コーク、教員養成所の同級生だったルイ・バローズ、イーストウッドの友人宅で紹介された既婚者アリス・ダックスなどである（Worthen 212, 288, 319）。ダックスはロレンスより七歳年上で、ロレンスの最初の性体験の相手と言われる（Worthen 364）。また、母親が亡くなる六日前の一九一〇年一二月三日に彼はバローズに求婚し、母親の死後、重い肺炎による長い療養生活を経て一九一二年二月四日にその婚約を解消する（Worthen 291, 320–24, *The Letters of D. H. Lawrence I* 361）。ロレンスはこれらの女性達に性的魅力を感じていたが、いずれも満足できる関係ではなかった。彼がようやく心身ともに愛せる六歳年上の既婚者フリーダ・ウィークリーに出会うのは一九一二年三月のことである（Worthen 380–81）。

▼バリとロレンスが互いの作品に惹かれた背景

以上で見たように、それぞれの作品に反映されるバリとロレンスの人生には複数の重要な類似点がある。まず一つ目に、母親への強い愛着と、兄の死により母親の愛情が遠のいた体験である。この辛い体験の共有は互いに相手への理解と共感を強めたはずである。『息子と恋人』を読んだバリはポールの体験を自身の過去と重ねただろうし、アーネスト死後のロレンスは『マーガレット・オギルヴィ』にバリと自身の人生の類似を見出したはずだ。

二つ目に、二人は女性関係の問題を抱えていた。ロレンスが『息子と恋人』で描いた、幼馴染への愛情を性愛と統合できない様子は、特に『トミーとグリゼル』でトミーが抱える問題と酷似する。『トミーとグリゼル』はフィクションだが、バーキンが「この小説を読む者は誰も（中略）中心人物のトミーがバリの分身であることを疑わない」（五二）と指摘するように、バリ自身の女性問題を反映する。主人公トミーは幼馴染グリゼルと再会し、彼女を大切に思うが結婚はしたくない。葛藤したトミーはグリゼルに「僕は他の男性達とは違うようだ。彼らが愛するようには愛せない呪いがかかっているようだ。君を愛したい。君だけが愛したい女性だ。でも、愛せないんだ」（一五章）と告げる。現実のバリは将来の妻メアリに一目惚れするが、結婚で自由を失うことに抵抗を感じる。また、彼が女性に求めたのは非肉体的な親密さだったため (Ellis 272)、彼は自分を結婚生活に不向き（バーキン　四二）と考えた。ロレンスは男女の肉体的な結びつきを重視した点でバリと異なるが、両者が女性関係に苦労した背景には母親への強い感情が関係すると考えられる。Ｃ・Ｇ・ユングは『四つの元型』で、マザー・コンプレックスが男性に与える典型的な影響として、同性愛、ドンファン化、性不能症など、女性関係を築くうえで障害になりがちな特徴を挙げる (19)。

バリとロレンスには他にも共通点がある。両者は労働者階級出身で、幼い頃から感受性が強く、多くの兄弟姉妹の中で育った。母親が読書好きで、その影響で二人は多くの本を読むようになる。高等教育を受けた後、バリは牧師に、ロレンスは教師になることを、それぞれの母親から期待されたが、バリはジャーナリストを経て、ロレンスは小学校の教師を経て、最終的に作家となる。『息子と恋人』のポールは作家でなく画家を目指すという設定の違いはあるが、それを除けば、これらの情報はほぼ『マーガレット・オギルヴィ』と『息子と恋人』を読めば分かる。そのため、バリとロレンスは互いの作品を通して相手の人生を知っていたと言える。また、『息子と恋人』のポールも現実のロレンスも病弱で痩せており、バリは小柄だった。両者の体格が男性的でなかった点においても、彼らは互いに親近感を抱いた可能性がある。

このように、ロレンスが『マーガレット・オギルヴィ』を、バリが『息子と恋人』を気に入った理由の一つに、作品が描く人生経験が自身のものと似ていたことが挙げられる。兄の死が原因で彼らの母親が自分への関心を失った体験や、母親への愛着が強いために直面せざるを得なかった女性関係の難しさなど、彼らは人生における重大で特異な問題を共有し、理解と共感を深めた。さらに、労働者階級出身で、周囲に反対されながらも望み通りに作家の道に進んだことなど、他の類似点も彼らの心理的距離を縮めただろう。一九一四年後半頃からバリとロレンスの間に壁が生じたとは言え、アスキスが指摘するように根底で彼らが共感し合えたとすれば、『恋する女達』や晩年に書かれた二つの詩の中でロレンスがバリの作品に出てくる比喩表現を繰り返したとしても不思議ではない。

五　バリとロレンスが死の冒険に込めた意味

以下では死を冒険に擬えるバリとロレンスの作品を分析し、彼らが共通して社会のしがらみからの解放を死に期待した様子を示す。また、彼らが死へのプロセスを冒険と呼ぶ背景には、母親への強い愛情欲求や兄の死がもたらした死への恐怖が存在する可能性を論じる。

▼ピーター・パンと死の冒険

ピーター・パンという登場人物は、一九〇二年に『小さな白い鳥』で生後一週間の赤ん坊として初めて登場する。しかし、我々が連想するピーター・パンは空飛ぶ少年だろう。少年ピーターは演劇『ピーター・パン』（一九〇四）と散文版『ピーターとウェンディ』（一九一一）に出てくる。そして、死を冒険と呼ぶのは彼である。演劇版では三幕一場、散文版では八章、共に「人魚のラグーン」と題されたセクションで彼は死を冒険に喩える。ウェンディを凧に乗せて逃がした後、ピーターは潮が満ちて水位が上がるラグーンの岩の上で一人残る。水がヒタヒタと岩を覆う中、彼は恐怖を感じ、一度身震いする。演劇版では、次の瞬間に胸の中でドラムが鳴り響き、彼は「死ぬことはすごく大きな冒険さ」と大胆不敵に言い放つ。散文版ではピーターの発言は無いが、彼が不敵な微笑みを浮かべて岩の上に直立し、彼の胸の中でドラムが鳴り響く様子を、「死ぬことはすごく大きな冒険さ」と語るかのようだと描写する。このように、両方の版でバリは、ピーターが死を恐怖の対象からゲームに矮小化する瞬間を描く。

少年ピーターは初めから死に近い存在とも言える。彼の前身となる『小さな白い鳥』のピーターは生後七日目で人間をやめた。この作品によると生まれる前の赤ん坊はみな小鳥だった。生後七日目のピーターは自分がまだ小鳥だと思い込み、窓から抜け出してケンジントン公園に飛んでいく。そして、鳥でも人間でもない中途半端な存在になってしまう。作品では死んだ子供の魂は燕になるとあるため、人間と鳥の間のピーターは生と死の狭間の存在と解釈できる。赤ん坊ピーターと少年ピーターが同一人物とは言い切れないが、両者は同じ名前を持つため、少なくとも関連性はあるはずである。また、演劇版でウェンディが孤児達に聞いた話では、ピーターには体重がない（三幕一場）。つまり、ピーターは実質的な肉体を持たない霊的存在と考えられる。さらに、ピーターが「死ぬことはすごく大きな冒険さ」と言い放つ場面のト書きには「まるで彼がついに本当の少年になったかのように」とあり、彼が本当の少年でないことが示唆される。これらを総合すると、ピーターはおそらく超自然的存在である。そのため、彼にとっての死の冒険は、実際には人間が死ぬ体験とは本質的に異なると思われる。

　そもそも、なぜピーターは人間をやめたのか。『小さな白い鳥』で赤ん坊ピーターが窓から抜け出したのは、もう一度木のてっぺんに戻りたかったからである。つまり、生まれる前の自由を取り戻したかったと解釈できる。ケンジントン公園で飛ぶ力を失った彼は家に帰るために妖精の女王に再び飛ぶ力を授けてもらい、ようやく母親の傍に戻る。しかし、もうしばらく自由でいたいと考え、再び家から飛び去ってしまう。

　一方、少年ピーターは、生まれた日に自分が逃げ出した理由を以下のように説明する。「だって、父さんと母さんが、僕が大人になったら何になるべきか話し合っていたんだ。僕はいつも小さな男の子で、楽しいことをしていたい。だからケンジントン公園に逃げて、妖精達と一緒に長い間暮らしているんだ」（一幕一場）。また、ダーリング夫人がピーターを養子にしようと提案した時には「僕は学校に行って真面目な勉強をしたくない。誰も僕をつかまえて大人にさせることはできないよ。

僕はいつまでも少年のままで楽しみたいんだ」（五幕二場）と答え辞退する。社会に役割を押しつけられたくない少年ピーターも、自由を求めて人間をやめたと言える。

▼ロレンスが描いた死の冒険

一方、ロレンスは『恋する女達』と晩年の詩二編の中で死を冒険と呼ぶ。前者は彼の代表作の一つで、若い姉妹アーシュラとグドルーンの物語である。一般的にアーシュラの恋人ルパート・バーキンがロレンスの分身と考えられるが、作者と同じく学校で教鞭を取るアーシュラもまたロレンスを投影する。一五章でアーシュラは、機械的な生に閉ざされた魂は汚れており、死は清らかで威厳があると感じる。そして、同じ仕事を無意味に繰り返すよりも死の冒険の方が好ましいと考える。なぜなら死は無意味な生から人を解放する窓口になり得るからだ。また、死は非人間的な世界であるため、人間性に縛られず、人の理解を超越する点でも彼女は魅力を感じる。このように、ロレンスはアーシュラの目を通して、死が人を人工的な環境と無意味な生から解放すると評価する。

次に、二編の詩、「そのように生きさせてほしい」と「死の喜び」に死の冒険という表現が見られる。これらの詩は一九二八年から三〇年に執筆され、死後に出版された『続三色菫』に含まれる。一九二八年と言えば『チャタレイ卿夫人の恋人』が出版された年である。『D・H・ロレンスの手紙Ⅶ』序文（5–7）によると、一九二九年一月末には『チャタレイ卿夫人の恋人』が押収され始め、『三色菫』の原稿も「猥褻」と判断されて郵送が差し止められた。七月五日にはロンドンで開いたロレンスの個展に警察が乗り込み、絵画一三枚が押収された。また、発禁処分となった『チャタレイ卿夫人の恋人』には海賊版が横行した。このような苦境の中、ロレンスの体調は悪化した。一九二九年三月一一日、彼はパリ到着後にインフルエンザにかかり、一九三〇年三月二日に亡くなるまで体調が回復しなかった。二編の詩は、そんな状況の中でロレンスが目前に迫る死を考察したものである。

「そのように生きさせてほしい」の語り手は、生のもつれから解放され死の冒険に身を委ねるために生きたいと述べる。そして、死に向かうとは、死が生み出す新たな美に向かうことと説明する。一方、「死の喜び」の語り手は、死にゆく辛い体験の後には素晴らしい冒険の喜びが待つと説明する。そして、死において人は花のように何にも邪魔されず生きて枯れることができると語る。さらに、死の世界には暗い死の太陽の光が降り注ぐとある。太陽の光はロレンスにとって生命力を象徴する。これは、例えば短篇「太陽」の中で主人公の女性がニューヨークから太陽の光が溢れるイタリアに移住し、日光浴を繰り返すことで活力を取り戻す様子にも表現される。そのため、太陽の光を死と結びつけることで、死こそが真の生命をもたらすものとなる。最終スタンザでは、人は人であることを互いに邪魔し合うが、死の世界では人が人として開花すると述べる。このように、「そのように生きさせてほしい」と「死の喜び」は共に、死がこの世のしがらみから人を解放し、より自然で望ましい状態に戻すと考える。

▼バリとロレンスが死を冒険に重ねる理由

以上のように、バリとロレンスが死を冒険と呼ぶ背景には、現実の人間社会から逃げ出したい願望が存在する。ピーターは学校や仕事に縛られず自由に生きたい。これはバリの心境を反映すると思われる。ピーターのモデルの解釈には複数の可能性がある。『マーガレット・オギルヴィ』でバリは自分が成人しても兄は一三歳のままだったと述べ、兄を永遠の少年として扱っている。この点において、死んだ兄はピーターと重なる。一方で、バリのエッセイ「献辞　五人の子供達に」の中では、ピーターはデイヴィズ家[3]の五人兄弟をすり合わせて生まれたと述べている。そして、『マーガレット・オギルヴィ』は少年時代のバリがゲームを楽しめなくなる日がいずれ来ることを恐れていたと記す（二章）。永遠に子供の遊びを楽しみ続けたいバリの心境は、彼自身もピーターであったことを示唆する。結果的にバリは作家になり仕事と遊びを統合したが、その反面、演劇『ピーター・パン』執筆までに兄の死と母の引きこもり、一八九五年に続いた姉ハンナ・アンと母親の死、メアリとの結婚生活の破綻などに直面し、生き辛さを体験している。そう考えると、バリも辛い過去やこの世のしがらみからの解放を望んでいたと思われる。

一方、ロレンスは現代社会に生きるより死の世界の方が本来の生を全うできると考える。『恋する女達』のアーシュラと同様、ロレンスは人間が機械的に生きる様を生きながらの死と捉え、警鐘を鳴らした。本質的な生を重視し、それを抑圧するものは産業化であれ、機械文明であれ、知性や科学であれ、中産階級の価値観であれ、反対した。そして、死が人間をより自然で望ましい状態に戻すならば、その方が生きながらの死よりも良いと考えた。これは「そのように生きさせてほしい」に出てくる生のもつれからの解放という表現や、「死の喜び」で死にゆく人間を花に譬える様子にも見られる。晩年のロレンスはブルジョワジーからの偏見や批判、作品の発禁処分などの扱いを受けて人間社会に辟易としていた。そのため、そんな現実世界を生きるよりも死の世界の方が望ましいと考えたのだろう。

しかし、なぜバリとロレンスは死のプロセスに敢えて冒険という表現を使ったのか。一つの可能性として、彼らが母親に好かれるために身に着けた少年っぽさが考えられる。冒険という言葉は少年らしいやんちゃぶりを連想させ、母性本能をくすぐる。スイスのユング派心理学者のマリー＝ルイズ・フォン・フランツは「マザー・コンプレックスの男性はいつも永遠の少年になろうとする性向に葛藤する」(4)と指摘する。死を冒険と呼んでゲームに変え、敢えて死に挑む少年を演じることで、バリは活きの良い魅力的なピーターに自己を投影し、病気がちのロレンスは創作の中で活力溢れる少年っぽい大胆さを演出できる。また、バリとロレンスは男性的な肉体を持たなかったからこそ、創作の中では男性的なイメージに自分を重ねたとも言える。

もう一つ考えられるのは、バリとロレンスが死をゲーム化することで死への恐怖を乗り越えようとした可能性である。彼らは共に少年時代に兄を喪った。精神科医のG・H・ポロックは、兄弟を喪った子供が死んだ兄弟の代理のように扱われたり、理想化された兄弟と比較されたり、兄弟の亡霊と競わされたりすると指摘する。そして、深刻なケースでは、その兄弟を自分と同一視し、自分もその兄弟と同じように死ぬとか、自分の将来の子供が同じように死ぬなどと思い込んだりするという。また、兄弟を喪った子供は暗闇や永遠の眠りなどを恐れ、死への恐怖を強めると述べる(312)。健康経済学者のJ・フレッチャー達も、兄弟の死を体験した子供は実存的危機を体験し、人生の意味について考えたり、彼ら自身も死ぬのではないか、信仰心を失うのではないかなどの恐怖心を抱いたりすると指摘する(822)。上の世代に属する祖父母や両親を喪う場合と異なり、年齢が近い兄弟の死は、子供に自身の死の可能性について気づかせ、死を身近に感じさせる。兄の死に加えて、バリは一八九五年に姉ハンナ・アンと母親をほぼ同時に喪い、ロレンスは一九一〇年に母親を喪った他、自らも病気で何度も生死を彷徨った。このように死に囲まれて生きた二人が死を冒険と呼び矮小化したのは、彼らが死への恐怖を乗り越えるための手段だったと考えられる。

六　おわりに

本論では、バリとロレンスがそれぞれの作品で死を冒険と呼ぶ点に着目し、二人の作家のつながりを考察した。ロレンスは若い頃からバリの作品に親しみ、生前には短期間だが直接の交流もあった。また、バリが『息子と恋人』を、ロレンスが『マーガレット・オギルヴィ』を高く評価した背景には、作品に描かれる人生と自身の人生との類似があった。これにより彼らは互いへの理解と共感を深めたと考えられる。

次に、死を冒険と呼ぶバリとロレンスの作品を分析し、彼らが登場人物や語り手を通してこの世の生き辛さからの解放を死に期待したと論じた。そして、冒険という言葉を敢えて使った理由として、母親に好かれたい彼らが少年らしい表現を選んだ可能性、現実では男性的な肉体を持たない彼らが創作の世界で自分の分身を男性的に見せようとした可能性、そして少年時代に兄弟の死を体験した彼らが死に強い恐怖を抱き、それを乗り越えるために死を冒険と呼び矮小化した可能性を挙げた。

以上のように、バリとロレンスの人生には互いを惹きつける共通の体験が複数見られる。そして、ロレンスは若い頃からバリの作品に関心を持っていた。そのため、彼はおそらく当時大流行したピーター・パン・シリーズを知っていたと思われる。死を身近に感じつつ、機械的で無意味な人間社会に失望したロレンスは、死の世界に真の生や人間性の復活を期待した。そんなロレンスにとって、死へのプロセスを冒険に重ねて肯定的に捉えるバリの比喩は大変魅力的だったと言える。

注

（1）本論文ではバリとロレンスの小説の引用に際して章で示した。演劇は幕場で、その他はページ数で示した。Eブックでページ数がない場合は（Web）と示した。

（2）*The Letters of D. H. Lawrence* と *D. H. Lawrence: A Composite Biography* は複数の巻を扱うため、*MLA* に準

拠していないが、論をスムーズに進めるために本文中のカッコ内にタイトル、巻、頁を示す。

（3）デイヴィズ家は一八九七年以来バリが交流を持っていた一家。

引用文献

Barrie, James Matthew. *Margaret Ogilvy*. The Project Gutenberg Ebook. 21 Oct. 2010. Web. 3 Aug. 2022.

——. *Peter Pan* (*Peter and Wendy*). London: Puffin, 2010.

——. "Peter Pan, or the Boy Who Would Not Grow Up." *Peter Pan and Other Plays*. Oxford: Oxford UP, 1995.

——. *Sentimental Tommy: The Story of His Boyhood*. The Project Gutenberg Ebook. 7 Feb. 2005. Web. 3 Aug. 2022.

——. "To the Five: A Dedication." *Peter Pan and Other Plays*. Oxford: Oxford UP, 1995.

——. *Tommy and Grizel*. The Project Gutenberg Ebook. 4 Apr. 2004. Web. 3 Aug. 2022.

——. *The Little White Bird*. The Project Gutenberg Ebook. 15 Sept. 2008. Web. 3 Aug. 2022.

Boulton, James T., ed. *The Letters of D. H. Lawrence I*. Cambridge: Cambridge UP, 1979.

Boulton, James T. and Andrew Robertson, eds. *The Letters of D. H. Lawrence III*. Cambridge: Cambridge UP, 1984.

Ellis, David. *Death and the Author*. Oxford: Oxford UP, 2008.

Fletcher, Jason, et al. "A Sibling Death in the Family: Common and Consequential." *Demography* 50 (2013): 803–26.

Jung, C. G. *Four Archetypes*. Princeton: Princeton UP, 1973.

Lawrence, D. H. "Autobiographical Sketch." *Phoenix II*. Harmondsworth: Penguin, 1978.

——. "Gladness of Death." *Complete Poems*. New York: Penguin, 1993.

——. "So Let Me Live." *Complete Poems*. New York: Penguin, 1993.

——. *Sons and Lovers*. London: Everyman, 1996.

——. "Sun." *D. H. Lawrence Selected Short Stories*. London: Penguin, 2000.

——. *Women in Love*. London: Penguin, 1960.
Lodge, Oliver. *Phantom Walls*. London: Hodder and Stoughton, 1929.
——. *Reason and Belief*. London: Methuen, 1911.
Marcosson, Isaac Frederick, Daniel Frohman, et. al. *Charles Frohman: Manager and Man*. The Project Gutenberg Ebook. 29 Jul. 2008. Web. 18 Aug. 2022.
Nehls, Edward, ed. *D. H. Lawrence, A Composite Biography I*. Madison: Madison U of Wisconsin P, 1957.
——. *D. H. Lawrence, A Composite Biography III*. Madison: Madison U of Wisconsin P, 1959.
Pollock, George. "Childhood Sibling Loss: A Family Tragedy." *Psychiatric Annals* 16 (1986): 309–14.
Rowling, J. K. *Harry Potter and the Philosopher's Stone*. London: Bloomsbury, 1997.
Sagar, Keith and James T. Boulton, eds. *The Letters of D. H. Lawrence VII*. Cambridge: Cambridge UP, 1993.
Von Franz, Marie-Louise. *The Problem of the Puer Aeternus*. Toronto: Inner City, 2000.
Worthen, John. *D. H. Lawrence: The Early Years 1885–1912*. Cambridge: Cambridge UP, 1991.
Zytaruk, George J. and James T. Boulton, eds. *The Letters of D. H. Lawrence II*. Cambridge: Cambridge UP, 1981.
バーキン、アンドリュー『ロスト・ボーイズ』、鈴木重敏訳、新書館、一九九一年。

第三章　コウルリッジ「老水夫行」改訂における超自然の現象や存在

野中　美賀子

一　はじめに

「老水夫行」（一七九八）は、サミュエル・テイラー・コウルリッジとウィリアム・ワーズワスの共著『抒情民謡集』（一七九八）に掲載されたのが初版である。「老水夫行」の改訂における超自然について、筆者はこれまで超自然の「現象」とそれの「存在」に分けて継続的に考察を行ってきた。本稿では超自然の「現象」は、超自然の力が働きかけることによって自然風景や人物が異化し、自然の法則が成り立たなくなることとする。一方、超自然の「存在」は、自然界には存在せず、個々が単体として超自然的な存在として働くものとする。

本作品全七部の内、二詩人の発想が詰まった一部から四部までと比べ、コウルリッジが単独で創作したとされる五部から七部までには、より多くの超自然が見られ、彼の独創的な超自然界が描かれている。例えば、老水夫は三部では“the Spectre-ship”「幽霊船」に乗る二つの超自然の存在――“fleshless Pheere”「肉のない連れ」と“[being] far liker Death than he [fleshless Pheere]”「肉のない連れよりもはるかに死に近い存在」(以降「死に近い存在」)――に遭遇し、四部では超自然の海蛇を目撃する。彼は、五部では夜に“a ghastly crew”「死人のような船員」を目撃し、翌朝に死者達の口から出る“Sweet sounds”「美声」を聞き、六部では“the spirit”「精霊」の超自然的な力によって祖国の景色を見ると同時に、そこで“dark-red shadows”「深紅色の幽霊」や“seraph-band”「天使の一団」を目撃する。

本稿は、これまであまり研究の進んでいない本作品の改訂について、二節で超自然の「現象」について筆者のこれまでの研究を概観し、(1)三節で超自然の「存在」に特化して具体的に分析し、(2)各版の改訂経緯を辿ることで、(3)どのような相違や効果が生じているのかを考察する。その際、超自然の描写における二詩人の意見の相違や、その要因となったコウルリッジの不信の念の停止の詩的技巧が、どのように扱われたのかに着目しながら論考を進める。(4)

二　超自然の現象

超自然の現象について、修正が顕著な複数の版を比較した。『抒情民謡集』二版(一八〇〇)、三版(一八〇二)、四版(一八〇五)での改訂と『抒情民謡集』四版、コウルリッジ単独著述の『シビルの詩編』(一八一七)での改訂の二つに分ける。前者の改訂では海と老水夫の苦悶があり、後者の改訂では嵐と流氷の音がある。

海において、初版四四三行目から四五〇行目まで、老水夫が己の目を死者の目から離すことが出来ないのは、彼の生きる世界に掛けられた魔法のせいであり、その魔法が解けると彼は目を動かすことが出来る。彼は、ずっと前方を見たにも関わらず、別の状況であれば見えたかもしれない光景をほとんど見ることが出来なかった。一方、二版四三六行目から四三九行目まで、魔法が解けて老水夫はもう一度、緑色の海を見ることが出来る。これは魔法に掛けられた際の海は緑色ではなかったことを示している。これら初版と二版との違いは魔法が掛けられた対象にあり、初版では老水夫の目、二版では海である。初版で死者の目の呪いは老水夫の視界に影響を与えており、二版で魔法に掛けられた海は老水夫だけでなくすべての生物、自然界にも影響を与える。つまり二版の方が、超自然の力の及ぶ範囲がより広く、魔力がより強いことが示される。

老水夫の苦悶について、超自然界に翻弄されて沈没寸前の船から助け出された彼は、隠遁者に告解をしようとした際に骨に原因不明の痛みを生じる。初版の "That anguish comes"「あの苦しみがくる」は、二版で "That agency returns"「あの作用がある」、三版で "That agony returns"「あの苦しみがくる」になる。『オックスフォード英語辞典』（二〇〇九）によると、anguish は "Excruciating or oppressive bodily pain or suffering, such as the sufferer writhes under"「ひどく苦しむ若しくは過酷な肉体的苦痛あるいは受難、その下で受難者が悶えるような」、agency は "The faculty of an agent or of acting; active working or operation; action, activity"「行為者あるいは行為の力、自発的な働きあるいは作用、行動、活動」、agony は "Extreme bodily suffering, such as to produce writhing or throes of the body"「極限の肉体的苦痛、身もだえや体による支配を生じるような」である。anguish と agony を共に激しい肉体的苦痛、agency を何らかの作用を起こす力の働きと解釈すると、初版と三版では自然偶然的に発症した可能性のある激痛が示され、二版では説明のつかない何らかの［超自然的な］働きが示され、解釈に大きな違いが生じる。

二詩人の考えの相違について、ワーズワスは、現実的な描写を好み、超自然の作用は出来る限り排除すべきで、少なくとも詩的蓋然性の範囲内であるべきだと考えた。一方、コウルリッジは、自らを超自然詩の創作担当と考え、「老水夫行」で、超自然の出来事をあたかも現実のことのように感じさせる、すなわち不信の念の停止の表現を試みた。(5) もし、コウルリッジがこの場面でこの詩的技巧を試みていたのならば、二版のように超自然的な作用を意図する agency ではなく、初版と三版のように超自然性を感じさせない表現を用いると考えられる。二版の "agency" はコウルリッジの創作意図と相反しており、二版の著者がワーズワス単独であり、(6) その巻末ノートの「老水夫行」講評でコウルリッジの創作意図が顧みられていないことを考えると、(7) 二版の "agency" はワーズワスの意図だと推測される。

嵐において、初版では語り手の語りと区別するために、老水夫の語りは頭文字が大文字に表記される。"Stranger"「見知らぬ人」、"Storm"「嵐」、"Wind"「風」、"Tempest"「大嵐」、"Chaff"「もみ殻」の各大文字は口調の強勢を示し、"Listen, Stranger!"「聞きなさい、見知らぬ人よ」とあたかも読者の注意を促すかのように、結婚式の客の注意を促している。一方、二版では、老水夫の語りの調子は初版での雄弁調から穏やかな調子に変化する。その違いは結婚式の客の従順さに起因する。初版では結婚式の客の不従順さが目立つが、二版では老水夫のもつ超自然の目の光とそれによる客の従順さが表現される。

『シビルの詩編』では、『抒情民謡集』三版とは異なるが初版や二版と同様に、大文字以外には語り手の語りと老水夫の語りとの区別がない。初版の老水夫の語りの雄弁さは、版を重ねるごとに平易な言葉になる。また語り手の語りから移行して老水夫が語りを再開する際の文頭で、二版と三版では“But”が用いられることによって、船の順調な航行が嵐によって困難になることが暗示されると同時に、物語の流れが途切れ、違和感を与える。しかし、『シビルの詩編』では、“But”の代わりに“And”が用いられている。ここでは、老水夫の語りと語り手の語りとの区別がつかない困難があるが、物語の場面展開として二版と三版に生じていた唐突さや違和感が解消される。

また『抒情民謡集』では、大文字表記により老水夫の語りの強勢が示されるが、『シビルの詩編』では、嵐に巨大な鳥の比喩を用いて嵐の恐ろしさが伝えられる。老水夫が、強風、高波、船の揺れ具合、船のコントロール不能などの状況を語るよりも、嵐を喩えた巨大な鳥が帆船を襲撃する様子を語る方が、より恐ろしさを伝えることが出来る。巨大な鳥の姿が老水夫の心に浮かんだのは、彼がかつて航海中にアルバトロスを殺したことによる報復が、上陸後の現在も続いているためだと考える。比喩は、老水夫が、航海を終えても超自然界によって精神的に苦しみ続けることを強く印象付けている。

流氷の音は、『抒情民謡集』から『シビルの詩編』にかけて修正される。『抒情民謡集』初版で、“It[The ice] crack'd and growl'd, and roar'd and howl'd—”「流氷がピシッと鋭い音を立て、ゴロゴロ鳴り、音が鳴り響き、それも遠くに響く」が、“noises of a swound”「気絶による音」に喩えられる。気絶に起因する音は気絶をした経験のある人にしか分からず、読者の想像力が必要な表現である。それは、意識がありながらその意識を失う時に聞こえる音であることが予想される。この比喩は、二版から四版までは“A wild and ceaseless sound”「騒々しい絶え間ない音」の、より客観的な表現に修正される。さらに、『シビルの詩編』以降で、“noises in a swound”「気絶中に聞く音」に修正され、“in”が使われ、気絶の特殊な状況下でのみ聞こえる音が示される。外界の氷の音を人の意識の中で聞こえる音に喩えることにより、外界の音が人の意識の中に取り込まれ、人と外界との境界がなくなり両者の一体感が表れる。「気絶中に聞く音」は、気絶の経験のない読者に、その音を想像させ、自らの意識の中にある種の音を取り込むことを必要にする。つまり、読者の意識と作品との距離をより縮ませることが出来るのは、『シビルの詩編』以降の「気絶中に聞く音」である。

超自然の現象について、改訂毎に比較すると、『抒情民謡集』二版と『シビルの詩編』では、内容に影響を及ぼすほどの大きな修正があることが分かる。

『抒情民謡集』二版以降には、単独著者のワーズワスの創作趣旨の影響が及んでいる。老水夫の苦悶では“agency”の言葉が用いられ、老水夫がもつ眼差しの超自然の光が用いられ、コウルリッジの創作趣旨ではない、超自然の力の作用が明らかな表現が用いられている。『抒情民謡集』では、大文字表記による老水夫の語りの強勢が用いられたが、コウルリッジが出版した『シビルの詩編』では、嵐に巨大な鳥の比喩が用いられ、嵐の恐ろしさが伝えられる。また流氷の音は、『抒情民謡集』二版から四版までは「騒々しい絶え間ない音」のより客観的な表現に修正され、ワーズワスの創作趣旨に沿って現実的でより客観的になる。

三　超自然の存在

幽霊船に乗っている男女一組の超自然の存在について、『抒情民謡集』の男性「肉のない連れ」と女性「死に近い存在」は、それぞれ『シビルの詩編』以降で"The Death"「死」と"The Night-mare Life-in-Death"「悪夢の死中の生」に修正される。『抒情民謡集』のその女性は、幽霊のように存在感のない様相をしており、死につつある人を容易に想像させる。一方、その男性は文字通りに肉のない骸骨の姿で人の死後を想像させる。具体的には描くことの困難な抽象概念の「死」をモチーフにしてコウルリッジが描くことに挑戦した男女の超自然の存在は、彼の考える「死」が非現実で掴みどころのない不可解な存在であることを示している。

まず、『抒情民謡集』初版の「肉のない連れ」は次のように描かれている。

彼の骨は黒く、たくさんひび割れていて、

真っ黒でむき出しだと私は思う。
黒光りでむき出しで、錆による
かびの悪臭と死人のような堅い外皮のほかに
骨に紫と緑の斑点がついていた。（一八一―八五）

ここには、「黒」、「紫」、「緑」の色彩、「錆」、「カビ臭」、骨のゴツゴツとした触感がある。『抒情民謡集』の「肉のない連れ」と「死に近い存在」は上下に並ぶが、表現方法において両者は統一しておらず、前記は非現実的な外見がより顕著であり、違和感を与える。初版の「肉のない連れ」は、二版で“her [being far liker Death's] Mate”「彼女の連れ」になり、『シビルの詩編』以降でその表現自体がなくなり“The Death”「死」の言葉だけになる。その初版に対し、A・C・スウィンバーンとジョン・W・ヘイルズは共に、おぞまし過ぎると述べ（270; 380）、B・R・マックエルデリーは「それはせいぜいシェイクスピアの記憶すべき一節のおぞましいものであり、韻文自体は繊細に扱われている」(82) と述べる。『抒情民謡集』初版での詳細さ、すなわちおぞましさを喚起させるものが常に読者に恐怖を与えるとは限らないと思われる。

原孝一郎は、ゴシック趣味的異様な箇所が超自然的描写に貢献しているというよりも、コウルリッジが、おぞましいものへの読者の反感をただ買うだけの箇所や、超自然の存在が現実であるかのように描かれていない箇所を削除し、普遍的な表現に変えたと分析している（四八）。原が述べるように、コウルリッジは、詳細さは超自然の存在を現実であるかのように描くには不適切だと考えたと思われる。「死」の詳細な描写よりもむしろ、『シビルの詩編』以降の普遍的表現の「死」が、超自然の存在という不可解なものへの恐怖を読者に喚起し、非現実な存在を現実のものとして想像させると考える。

J・L・ロウズは、恐怖は、描写が詳細すぎず、かつ読者の想像力がのびのびと解放される時に最も効果的に喚起されると述べる(73)。ロウズの考えを踏まえると、「死」は、表現が詳細過ぎると読者の恐怖を喚起しないと同時に、想像力が必要でなくなると考えられる。加納秀夫は、『抒情民謡集』における写実的な描写がなくなり、後の版ではより神秘的で幻想的な作品になってきたと述べている(五三)。本稿は加納の意見に同感であり、『シビルの詩編』以降で、「死」の現実的で詳細な描写がなくなることにより神秘性が生じ、読者の想像力が求められると考える。

「肉のない連れ」が「死」へ修正された理由は、ワーズワスの超自然の描写方法に反していたためと考える。それのもつ奇抜さ、グロテスクさ、悪質さが一切なくなることで、読者は各々に、思い浮かぶ「死」を想像するのだ。「死」は、描かれることによって固定される「死」の姿ではなく、読者自身の各々の想像力に委ねられる。「死」のただ一つの言葉は、超自然の描写へのコウルリッジの試み、不信の念の停止の詩的技巧への限界を感じさせるが、結果として「死」は、読者に想像力を要求し不信の念の停止へと誘うのだ。

次に、『抒情民謡集』初版の「死に近い存在」は、次のように描かれている。

その唇は赤く、風采は奔放で
髪は金のような黄金色である。
肌は癩病のように白く、
そして彼女は男よりもはるかに死に近く
その肉で静止した大気が凍る。（一八六—九〇）

「肉のない連れ」にはグロテスクで明らかな超自然性が見られる。一方で、「死に近い存在」は消え失せそうなほど存在感がなく、また飄々としつつ冷酷さを備える。「死に近い存在」は、サイコロ遊びに勝って老水夫の運命を決めるが、彼女と老水夫の運命との関係は本文からは明白に見出せない。一方、『シビルの詩編』以降の「悪夢の死中の生」は、老水夫の運命を「死中の生」に決めるため、彼女と老水夫の運命との関係は明白になる。

“The Night-mare Life-in-Death”は、“The Night-mare”と“Life-in-Death”とが結び付いており、彼女が悪夢のような死の中にある「生」のような存在、すなわち、限りなく「死」に近く存在することが分かる。「悪夢」と「死中の生」は、コウルリッジの人生と切り離せない言葉である。彼の実体験に基づいて創作された「眠りの痛み」（一八一六）では、悪魔のような群集を夢見て夜毎《よごと》うなされる詩人が登場し、詩人は悪夢を見る原因となる何らかの罪を犯したことを認めて苦しむ。またコウルリッジにとり、眠りで見た夢の大部分は悪夢であり、彼の『ノートブック』には、一八〇〇年一一月に彼が、恐ろしい女性の登場する悪夢を見てうなされたことが書かれている(848)。悪夢を見て苦悶した彼は、まさしく死の中にある生、死ぬほどの苦しみを経験した者、まさしく「老水夫」であったのだ。『シビルの詩編』以降で登場する「悪夢の死中の生」は、コウルリッジの実体験、悪夢での死の中の生の経験に由来すると考えられる。

さて、『抒情民謡集』の「死に近い存在」と『シビルの詩編』の「悪夢の死中の生」との違いは次の一行である。前者の "Her flesh makes the still air cold"「彼女の肉で静止した大気が凍る」は、後者では "[she] Who thicks man's blood with cold"「彼女が人の血を凍らせる」になる。凍らせる対象が、前者は大気、後者は人の血であり、後者の方が彼女の残酷さが明白である。また表記の点でも、パトリシア・M・アデールは、「悪夢の死中の生」が力強く恐ろしい名前であると述べる(85)。「死に近い存在」は、具体的な想像をすることが困難な不可解な表現であり、「悪夢の死中の生」は老水夫の運命を象徴する表現である。後者の方が、超自然の女性への恐怖をより喚起する。したがって、一組の超自然の存在においては、『抒情民謡集』よりも『シビルの詩編』が、読者から恐怖を引き出し想像力を喚起する効果があると考える。

さらに、『抒情民謡集』初版の「深紅色の幽霊」に関わる五連の修正を考察する。

月光で照らされた湾はどこも白く
そこから立ち昇ってきたのは

とても多くの姿形をした幽霊で
　松明のようでもあった。

舳先から少し離れて
　深紅色の幽霊がいた。
しかし直ぐに私は分かった。私自身の肉体が
　炎の中にいるように赤いことを。

私は恐怖で無感覚になって振り返った。
　十字架のキリストに誓って
幽霊が前進しており、今や
　マストの前にそれらは立っていた。

それらは堅い右腕を挙げて
　真っすぐに体に寄せた。
どの右腕も松明のように燃えていた。
　松明は真っすぐに掲げられ

動かない眼球はぴかぴか光り続けた
　赤い煙を出す光の中で。
私は祈り、遠くの方を向き
　以前のように前方を見た。
湾には風がなく、
　海岸に打ち寄せる波もなかった。（四八一―五〇二）

二つの精霊が老水夫の乗る帆船を高速移動させることで、老水夫は祖国の景色を見ることが出来る。そこに深紅色の幽霊が登場する。その超自然の存在は、"Full many shapes"「とても多くの姿形」であり、それらは"rising"「立ち昇り」、"had advanc'd"「前進していた」、"stood"「立っていた」、"lifted up their stiff right arms"「堅い右腕を挙げた」、"held them strait and tight"「右腕をまっすぐに体に寄せた」、"glitter'd on"「ぴかぴか光り続けた」の単純な動きをし、始終無言である。単純な動きのみ描かれたこの超自然の存在には、読者から不信の念の停止を引き出そうとするコウルリッジの詩的技巧が見られる。なぜなら、超自然の存在の姿形や性質が極力描かれないために、読者は自然に湧き上がる恐怖心と共に、その存在を想像し幻影を生み出すよう仕向けられるからである。

　ところが、『抒情民謡集』二版では、"dark-red shadows"「深紅色の幽霊」は"crimson shadows"

に表現が変えられ、同時に前記五連がほぼ削除されて次のようになる。

とても多くの姿形をした幽霊が、
　深紅色の衣を纏ってやって来た。

舳先から少し離れて
　深紅色の幽霊がいた。（四七七―八〇）

原は、初版四八五行目から四九七行目までは単にゴシック趣味と感じられ、詩人の意図する超自然による働きを読者が理解しにくいと考えられたため削除されたと述べる（四五）。しかし、原の述べる理由でゴシック趣味の個所が削除されたとは考えにくい。スティーヴン・マックスフィールド・パリッシュは、初版「深紅色の幽霊」がワーズワスのゴシック的趣向に反していると述べる(113)。『抒情民謡集』のワーズワスの作品での超自然には、田舎の噂話や日常生活の出来事に基づき、現実に存在する人物や事物にわずかに異常性が加味されるという特徴がある。彼の目指した超自然は、詩的蓋然性の範囲内で読者が想像力を働かせて生み出されるため、前記の描写は彼の意図した超自然とは大きくかけ離れている。それゆえ、原の述べる理由ではなく、パリッシュの述べる理由により、二版で「深紅色の幽霊」が削除されたと考えられる。

しかし、『抒情民謡集』二版には、前記の一組の超自然の存在を含めて、初版と同様のゴシック趣味を甚だしく感じさせる超自然の存在が依然として残っている。「深紅色の幽霊」が削除された理由として、パリッシュは、超自然の存在を現実に存在するかのように見せようとする特色、すなわち読者から不信の念の停止を引き出そうとするコウルリッジの特色があると述べる(113)。しかし、超自然の存在を示すものが“many shapes”「多くの姿形」、“shadows”「幽霊」、“in crimson colours”「深紅色の衣を纏って」、“Those crimson shadows”「あれらの深紅色の幽霊」だけであると、パリッシュの述べる想像力を掻き立てるために描かれていないのではなく、もはや想像力を掻き立てることが出来ない程までに描写が完全に削られている。これは、もはや不信の念の停止の感情を読者から引き出そうと試みたコウルリッジの特色とはいえないのではないか。二版「深紅色の幽霊」の削除では、彼の創作意図を見出すことは出来ず、読者から恐怖や想像力を掻き立てる効果は失われている。初版にこそ彼の詩的技巧が試みられていると考えると、詳細ではないが単純な動作のみ描かれている超自然の存在だからこそ、読者は想像力を掻き立てられ、それらの幻影を創造するのだと考える。

祝福された天使の一団に関して、コウルリッジは本作品初版から一連(五三一―三六)を削除し、『シビルの詩編』以降の版で二連(一九九―二〇七)を付け加えている。これらの修正には、作品内の出来事に相互に必要な関係性がないため成り立たないとするワーズワスの講評の影響がある。二版で「老水夫行」の大幅な修正が行われたことを考えると、共同創作者二詩人の間で議論が交わされたはずであり、その修正と巻末ノートとは密接な関わりがあると考える。
初版から次の連が削除されている。

それから美しい光が消えて
船員たちの体は再び起き上がった。
静かな歩みで、各人の持ち場へ
死人のような船員達は戻った。
風は影も揺れももたらさず
私にだけ吹いた。（五三一―三六）

初版三二二行目から三四〇行目まで、超自然の存在は、死んだ船員達を甦らせ動かしている。天使の出す白光が消えることは、その超自然の存在が天使の姿から別のものに形を変えることを意味する。しかし、白光を放つ天使が消えることと、その直後に、死んだはずの船員達が甦ることとの関係が作品からは明確に見出せない。死んだ船員達が、自らの力で甦り動くかのように誤って解釈される可能性があり、前後の出来事同士の関係が見出せないためこの連が削除されたと考える。
また物語の流れの点でも、前記の連により、円滑な話の進行が妨げられている。前記連の前では、「深紅色の幽霊」が白光を出す天使の一団に姿を変え（五一一―二六）、老水夫は天使の出す白光に向かって近づく舟を目にする（五二七―三〇）。前記連の後では、老水夫は、船の舵手とその息子と隠遁者の三人がやって来るのを待つ（五三七―四六）。しかし、前記連では、老水夫が甦った船員達に再び苦しめられており、物語全体の進行に逆行している。そのため、出来事同士の関係と物語の流れをより良くするため、前記連は削除されたと考えられる。

二版では次の連が、追加されている。


「君が恐ろしい、老水夫よ。」

落ち着きなさい、結婚式の客よ。

苦しんで去った、彼らの魂ではなかったのだ、
船乗りの死体に再びやってきたのは。

祝福された天使の一団なのだ。（三三九―四三）

前記連は、物語の枠外での老水夫と結婚式の客との会話である。前記連の前で老水夫は、甦った船員達が無言で船を操縦するのを夜に見、前記連の後で彼は、甦った船員達の口から出る美しい音を夜明けと同時に聞く。これらの超自然の存在の動きは、老水夫に恐怖と関心を抱かせるが、この二つの動きにどのような意味があるのか示されない。しかし、新たに付加された連は、死んだ船員達が甦ったのは、船員達が死に際に苦しみと共に去った魂が戻ってきたからではなく、祝福された天

使の一団が新しくやって来たことを示している。

『シビルの詩編』で、前記の場面に次のグロス［欄外右注］が加えられる。「しかし［船員たちを動かしたのは］彼らの魂でも大地や大気の悪霊でもなく、祝福された天使の一団である。それらは守護聖者によって遣わされた」（三四九―五四）。このグロスにより、甦った船員達は、祝福された霊的存在によって動かされていることが明白になる。作品の物語からの視点では、前記連の前後にある超自然の存在は、老水夫に超自然界を見せることで、彼にアルバトロス殺害に対する罰を与えている。したがって、初版では出来事相互の繋がりを改善するために二版で連の増減があり、『シビルの詩編』以降では、グロスの付加という修正の経緯が読み取れる。

四　おわりに

「老水夫行」の改訂における超自然について、二詩人の考えの相違を踏まえ、修正の変化とその要因について考察した。超自然の現象において、改訂毎に比較すると、ワーズワスの名前を冠した『抒情民謡集』二版とコウルリッジ単独著述の『シビルの詩編』において、内容に影響を及ぼすほどの大きな修正があったことが分かる。その顕著な例は、初版「肉のない連れ」であり、それは二版以降で「死に近い存在の連れ」になり、『シビルの詩編』以降ではその描写自体がなくなり「死」の一語だけになる。コウルリッジは、詳細な描写は超自然の存在を現実であるかのように描くには不適当だと考えたと思われる。同時に、ワーズワスが『抒情民謡集』で追求した詩的蓋然性の範囲内における超自然の描写に反していたこともその修正の理由として考えられる。一組の超自然の存在においては、『抒情民謡集』よりも『シビルの詩編』が読者から恐怖を引き出し、想像力を喚起するように効果的な修正がされている。今後の課題として、「老水夫行」改訂について、二詩人の考えの相違だけでなく、本詩作品への一八世紀末出版当時の読者受容の視点も取り入れることで、より広い見地から複合的要因を探り、この修正を論考することが出来ると思われる。

注

＊本稿は、「老水夫行」改訂について、出版当時の読者受容の視点は取り入れず、二詩人の意見の相違の点から論考している。

(1)野中美賀子「コールリッジの『老水夫行』の改訂における考察」、人間文化研究科年報三〇号（二〇一五）一―一五頁をご参照ください。

(2)本稿は、二〇一五年五月二三日、立正大学で開催された八七回日本英文学会全国大会の口頭発表「『老水夫行』の改訂に関する考察――超自然の描写――」に基づいている。

(3)「老水夫行」が掲載されたのは、『抒情民謡集』初版から四版までと『シビルの詩編』、『詩集』初版（一八二八）から三版（一八三四）までである。

(4)本稿での作品は主に次を用いる。Samuel Taylor Coleridge, "The Rime of the Ancient Mariner. In Seven

Parts," *Poetical Works*, ed. J. C. C. Mays, vol. 1. The Collected Works of Samuel Taylor Coleridge 16 (New Jersey: Princeton UP, 2001) 370–418. 日本語訳における詩行配列は原文通りである。

（5）ワーズワスの考えは一七九八年創作「ピーター・ベル」（一八一九）のロバート・サウジーへの献辞に記されている。William Wordsworth, *The Prose Works of William Wordsworth*, ed. Alexander B. Grosart, vol. 3 (London: Edward Moxon, 1876)51. コウルリッジの考えは『文学自叙伝』（一八一七）一四章に記されている。Coleridge, *Biographia Literaria*, ed. J. Shawcross, vol. 2 (Oxford: Clarendon, 1907) 2.

（6）『抒情民謡集』初版が匿名であったのは、伝統詩に挑戦する実験的詩集のため読者の反応を冷静に観察するためであったと思われる。二版から四版までワーズワスが単独著者であったのは、反政府活動をしたコウルリッジの名前を伏せるためであったと思われる。

（7）『抒情民謡集』第二版巻末ノートで、ワーズワスは掲載作品を順次講評した。「老水夫行」は初版巻頭を飾ったが、サウジーを含む批評家からの悪評を受け、修正を余儀なくされ、二版では巻尾に配置替えになった。

引用文献

The Oxford English Dictionary. 2nd ed. CD-ROM. New York: Oxford UP, 2009.

Adair, Patricia M. *The Waking Dream*. London: Edward Arnold,1967.

Coleridge, Samuel Taylor. *Biographia Literaria*. Ed. James Engell and W. Jackson Bate. Vol. 2. The Collected Works of Samuel Taylor Coleridge 7. New Jersey: Princeton UP, 1983.

——. *The Complete Works of Samuel Taylor Coleridge: With an Introductory Essay upon His Philosophical and Theological Opinions*. Ed. W. G. T. Shedd. Vol. 3. New York: Harper, 1864.

——. *The Notebooks of Samuel Taylor Coleridge*. Ed. Kathleen Coburn.Vol.1. New Jersey: Princeton UP, 2001.

——. *Poetical Works*. Ed. J. C. C. Mays. 4 vols. The Collected Works of Samuel Taylor Coleridge 16. New Jersey: Princeton UP, 2001.

Hales, John W. *Longer English Poems*. London: Macmillan, 1892.

Lowes, J. L. *The Road to Xanadu*. Boston: Houghton Mifflin, 1927.

McElderry, B.R. "Coleridge's Revision of the Ancient Mariner." *Studies in Philology* 29 (1) (1932): 68–94.

Parrish, Stephen Maxfield. "'Leaping and Lingering': Coleridge's *Lyrical Ballads*." *Coleridge's Imagination: Essays in Memory of Pete Laver*. Ed. Richard Gravil, Lucy Newlyn, and Nicholas Roe. Cambridge: Cambridge UP, 1985. 102–16.

Swinburne, A. C. *Essays and Studies*. London: Chatto, 1875.

Wordsworth, William and Samuel Taylor Coleridge. *Lyrical Ballads*. Ed. R. L. Brett and A. R. Jones. 2nd ed. London: Routledge, 1991.

加納秀夫『英国ロマン派の詩と想像力』、大修館、一九七八年。

原孝一郎「老水夫行の歌の改訂について」『成城文藝』一一〇号、成城大学文芸学部、一九八五年、二〇—七五頁。

第四章　母マリアとペンザンスの残影
――ブランウェル・ブロンテの「海賊」――

古野　百合

一　はじめに

二〇二一年はブロンテきょうだいの母である、マリア・ブロンテ（一七八三―一八二一）の没後二〇〇年の節目であった。マリアの出身はコーンウォールのペンザンスである。ペンザンスは、デボンシャー、ドーセットシャーと並び、海賊の巣窟と呼ばれた場所であり、マリアは町でも有数の商家に生まれた。また、コーンウォールの海岸では密輸船が遭難することも多く、幽霊船や海賊の亡霊に纏わる伝説が多々あるという。マリアから、密輸船が隠れることのできるたくさんの入り江に囲まれたペンザンスの風景や、海賊に関する話をブロンテ家の子どもたちが聞いていた可能性は否めないであろう。本稿では、マリアの父母やペンザンスの風土、彼女の読書歴などの伝記的事実やマリアが書き残したものにも触れながら、四人の子どもたちを執筆活動へと誘う文学的土壌が、父パトリック・ブロンテ（一七七七―一八六一）のみならず、母マリアにもあった可能性を探りたい。

その土壌の中で培われたものの断片は、彼らの作品に少なからず表出され、「言葉」となって紡がれたことであろう。中でも、三姉妹の名声の陰に隠れた長男ブランウェル・ブロンテ（一八一七—四八）が残した作品「海賊」('The Pirate') に焦点をあて、母親が息子に残したペンザンスの残影を紐解いてみたい。

唯一の男子として家族からも期待され、絵画や音楽、文学において多彩な才能の持ち主であったブランウェルは九歳から筆を執り、詩と散文を合わせると実に三姉妹が出版した作品の合計をも上回る膨大な量の初期作品を書き残したことは、一般的にはほとんど知られていない (Collins 13)。しかし生誕二〇〇年を機にブランウェルに注目が集まり、初期作品研究者であるクリスティーン・アレグザンダーらは、ブランウェルが一五歳の時に書いた「海賊」のテキストを編纂し、詳細な解説付きで広く一般の読者にも読みやすい形式で出版した。

ブランウェルと海賊。その関係を読み解く鍵の一つは、初期作品に登場する架空の国の名前にある。姉のシャーロット・ブロンテ（一八一六—五五）と共に書き綴った初期作品は総称してグラスタウン・アングリア物語と呼ばれる。この架空の国名に用いたアングリアという名前は、一八世紀に実在したインドの海賊カナージ・アングリア（現地語ではカンホジ・アングリ）の名前から取ったものであると考えられている。しかし近年のインド側の研究では、アングリアは、イギリスから自国の貿易を長きにわたり守った英雄としてみなされている。このことに注目したジョエッタ・ハーティは、ブランウェルは自身の主人公を海賊の出身に設定し、且つ西アフリカを舞台にした架空の国の名前を、インドで実在した海賊に因んで名付けることにより、植民地主義的また帝国主義的な文化に内在する欠陥を顕したのではないか、と考察する(44)。このハーティの革新的な考察の是非については、今後緻密な検証が求められるであろう。

グレイス・ムーアは、文学における海賊のイメージは、一九世紀に入り大きく転換したと指摘する(2)。海賊小説と言えば誰もがロバート・ルイス・スティーブンソンの『宝島』(一八八三)を思い起こすであろう。しかし一六世紀初頭から一七世紀にかけて海上を席巻した、強奪や虐殺をものともしない海の盗賊が、文学におけるヒーローへと転換するきっかけを作ったのは、キャプテン・チャールズ・ジョンソンの筆名で出版され、一説ではダニエル・デフォーが書いたとされる『海賊列伝』(*A General History of the Robberies and Murders of the Most Notorious Pyrates*)(一七二四)であった[1]。『海賊列伝』は、実在した海賊たちの血生臭い悪事や海賊の文化、また海事裁判の様子などが詳細に記録されたことから増版されるほどの人気ぶりであり、その後に誕生する様々な海賊物語の原型となった。それから約一世紀後、すでに『海賊列伝』に登場するような野蛮な海賊たちが大海から消えた頃に、イギリス文学を代表する二人の作家が海賊を主人公とした作品を執筆した。ジョージ・バイロンとウォルター・スコットは、ブロンテ家の子どもたちが愛読していた作家であり、きょうだいらの作品において多大な影響を与えたと考えられている。

バイロンが書いた叙事詩『海賊』(*The Corsair*)(一八一四)では愛する妻と生き別れ憂愁を帯びた海賊が誕生し、またスコットの『海賊』(*The Pirate*)(一八二一)では[2]『海賊列伝』に登場する海賊をモデルに、恋人と結ばれるために海賊から足を洗おうとする紳士的な海賊が描かれ、海賊のイメージは大きく変化した。二作品に共通する点は、『海賊列伝』に描かれる海賊へのノスタルジアとロマンスとの融合である。このような文学における海賊表象の転換期である一八三三年に執筆されたのが、ブランウェルの「海賊」である。ムーアはブランウェルの描く海賊は、まさにバイロン的な新しい海賊像であると指摘する(4)。本稿では、「海賊」の執筆にあたり母マリアが息子に残したペンザンスの残影を辿るとともに、カナージ・アングリア一族の海運歴や、海賊船や私掠船《しりゃくせん》(privateer)といった当時の海上情勢にも焦点をあて、「海賊」を通して彼が描こうとしていたものについて僅かながらでも光を照らしたい。

二　マリア・ブランウェルとペンザンス

この節では、マリアの短い生涯について思いを馳せながら、母から息子へ紡がれたであろうブランウェル家の歴史やペンザンスの風土について考察したい。

ブランウェルの母親の出身地であるコーンウォール地方ペンザンスは、複雑な入り江や断崖の窪みが多い地形から、密輸船、海賊船が寄港しやすく、一八世紀には密輸貿易が盛んな地域であった（加藤　二六三）。マリアの父方のブランウェル家はペンザンスでも有名な商家で、貿易業、醸造業、不動産業などで財を築いた。母方のカーン家は炭鉱業で財を築き地元でも由緒ある一族で、ブランウェル家に勝るとも劣らない資産家であった (Hardie 12–13)。父トマス・ブランウェルは、食料品店の他、ニシンの卸売店や地所を市の彼方此方《あちこち》に所有し、一七九〇年には市長補佐の一人に選出され、ペンザンスの名士となった。ちょうどマリアが生まれて間もない頃、家族は食料品店の二階を引き上げ、美しいペンザンスの港が見渡せ、市場へと直結するチャペル・ストリートに建つ、テラスハウスに移り住んだ。正面を飾る美しいオランダ産の赤煉瓦からロッテルダム・ビルディングと呼ばれており、この建物は地域における歴史的建造物として保存され、幼少期から結婚するまでのマリアが実際に過ごした貴重な史料となっている (Wright 5)。トマスはまた、一七九四年に自宅裏の土地の一部を市に売却し、そこにペンザンスで最初の小学校が開校された。すでに家庭で教育を受け一一歳になっていたマリアは、姉のエリザベスと共にこの学校で補助をしていたと考えられている (Hardie 77)。

度重なる戦争による赤字を補填するため、特に酒類やタバコといった贅沢品には高額な税が課せられ、税関の役人たちは申告漏れや脱税に目を光らせていた。密貿易 (free trade) は、一八世紀後半から一九世紀初頭にかけてペンザンスでは横行していた。マリアが生れた頃には手口は大胆かつ巧妙になり、チャペル・ストリート界隈にある税関の真下には、密輸商人たちがくぐり抜けられる地下道があった。トマスのような貿易商は通常、共同名義で商船を所有していたが、当時の貿易商にとって密輸は日常茶飯事であった。ハワースに近いブラッドフォード出身のジャーナリストであるシャロン・ライトはマリアの伝記を執筆し、トマスが密輸商人の一人であったことを示す証拠を、ペンザンス税関所の公文書から発掘した。そこにはマリアの父が営んでいた商店が、密輸摘発に関わる役人からの捜査を巧妙に免れた経緯が記録されている(10–13)。

また、ペンザンスは読書家の町としても知られている。ペンザンス・レディーズ・ブッククラブは一七七〇年に設立され、マリアの親戚が歴代の会長を務めた。マリアとエリザベスが入会していた記録は残っていないが、可能性は大いにある。このクラブに本を納品していたのは、マリアの一番上の姉マーガレットの夫であるチャールズ・フィッシャーが経営する書店であったため、少なくとも、彼が所有していた書籍を読む機会はあったと考えられている。クラブが注文した本の納品記録には、マリア・エッジワース、ジャン＝ジャック・ルソー、オリヴァー・ゴールドスミス、メアリ・ウルストンクラフト、ヘンリ・フィールディングらの他、フランス語の書物、また『レディーズ・マガジン』を含む三つの雑誌があった。これらの本を、マリアが読んだ可能性は非常に高い(Hardie 80–81)。

一八〇八年に父トマスが、またその翌年には母アンが亡くなり、姉妹らはとうとうチャペル・ストリートを離れ、クラレンス・ストリートに移り住んだ。そのような折、マリアは突然叔母からの要請を受ける。メソジスト派のジョン・フェネル牧師は一七九〇年にマリアの叔母ジェイン・ブランウェルと結婚し、一八一一年にリーズ近郊のウッドハウス・グローブ学校に赴任した。牧師の息子を教育するために開校されたこの学校で子育てをしながら働く叔母を助けるために、マリアは一八一二年春、ヨークシャーを目指して四百マイルの旅路に一人で出発した。同校でラテン語の試験官をしていたパトリックはマリアと初めて出会い、その約半年後である一二月二九日に二人は結婚する (Alexander and Smith 63; Wright 37, 41)。

二人が出会って結婚するまでの四ヶ月足らずの間にマリアからパトリックに宛てて書かれた九通の手紙は、パトリックからギャスケルに託され、その後クレメント・ショーターの手に渡り、『シャーロット・ブロンテとその周辺』（一八九六）において全文が初めて掲載された。残念ながらパトリックからマリアに宛てた手紙は、売買されたか紛失して残っていない。しかしマリアの手紙を読めば、パトリックの手紙の内容が透かして見えてくるほど、彼に向けて赤裸々に綴ったマリアの想いが迸《ほとばし》っている。返事が遅いパトリックに対して叱責する場面や、自分の方がパトリックを愛する気持ちが強いことへの苛立ち、またパトリックとの結婚が、ペンザンスに残してきた愛する家族との離別に見合うだけの価値があるのかどうか、といったマリアの素直な気持ちが包み隠さず語られる。「私の愛する気難しいパットへ」(Wise and Symington 20) の出だしで始まる一八一二年一一月一八日に書かれた手紙では、マリアの荷物を載せた船が座礁したことが打ち明けられる。マリアは、一八一二年一〇月、パトリックと結婚する前に、ペンザンスの実家にあった荷物を、ヨークシャーに送るようにエリザベスに頼んだ。その荷物の中には、結婚式で使うヴェールの他、マリアの愛読書や雑誌などが含まれていた。しかし、マリアの荷物を載せた船はデボン沖で座礁し、その中身は数点を除いて消失した。(3)

ブランウェル家と難破船を繋ぐ出来事はこれまでにもあった。マリアの脳裏に、従兄トマス・ブランウェルの死を招いた難破船がよぎったかもしれない (Wright 40)。しかし、荷物の喪失についてマリアは、「この出来事がもっと悪いことが起こる予兆であってはならないから、深く考えるのはやめにします」(21) と話題を閉じた。ペンザンスでの裕福な生活や交友関係を全て捨て、ヨークシャーでパトリックと生涯を共にすることへの不安、またその不安を助長させるような難破船の出来事を乗り越えて、彼女が自らの意志で、牧師の妻として新たに人生を歩みだそうとする果敢な姿を感じ取ることが出来るのではないだろうか。残念ながら、これらの手紙を読む機会に与《あずか》れたのは、シャーロットだけであった。一八五〇年二月一六日、親友エレン・ナッシーに宛てた手紙の中で、シャーロットはある日、亡き母が父に宛てて書いた手紙を初めて読んだことを記した。その手紙には、素直に母のことをもっと知りたかったと、母親が早世したことへの嘆き悔みが表出されている (Smith 347)。母の手紙を読まずに亡くなった弟妹のことを思いやると、なお一層その悲しみは増幅されたことであろう。

一八二〇年にソーントンからハワースに赴くまでの五年間は夫妻にとって最も幸せな時期であり、シャーロット、ブランウェル、エミリ、アンを授かったのもソーントンであった。妊娠と出産を繰り返す中、マリアは自身の作品の出版も試みた。宗教パンフレットに掲載されることを目的に、およそ一五〇〇語で書かれた布教のためのエッセイ、「宗教における貧困の利点」を一八一五年に投稿したが、残念ながら採用されなかった。執筆年については定かではないが、結婚後だと考えられている (Alexander and Smith 2–3; Wright 112)。「一般的に貧困は、普遍的にとまでは行かないが、悪とみなされ貧困そのものだけでなく、一連の他の様々な悪を招くと考えられる。しかし、この考え方は間違ってはいないだろうか」(Wise and Symington 24) という出だしで始まる宗教メッセージには、彼女が貧困者を理解しようとする真摯な姿勢が読み取れる。

先述したように、マリアはペンザンスでの恵まれた環境のもと多くの文学作品に触れ、そこで培われた豊かな文化的教養は、ソーントンで享受した知的な社交生活においても育まれた。(4) しかし、ハワースに転居して半年余り後の一八二一年一月、マリアは突然病に倒れた。病名は膀胱がん (Barker 102) あるいは子宮頸がん (Wright 142) と考えられている。八ヶ月の闘病生活の後一八二一年九月一五日、パトリックと六人の子どもたち、姉エリザベスに見守られてこの世を去った。長女マリア七歳、エリザベス六歳、シャーロット五歳、ブランウェル四歳、エミリ三歳、アン一歳であった。

ブランウェルが母親と過ごした四年足らずの間に、彼女が読んだ文学作品やペンザンスの海賊に纏わる話、あるいは地元屈指の貿易商、また市長永久補佐としてペンザンス自治体の経営を担っていた祖父トマスが、密輸商人という別の顔を持っていたことについて、母親から直接聞いたのか、あるいは姉らや叔母エリザベスから間接的に聞いたのかについては、想像の域を超えない。しかし、ブランウェルが一五歳という多感な時期に書いた「海賊」という小説には、ペンザンスの港に密輸船が寄港する風景や祖父トマスの生涯を彷彿させるような描写がある。本節では、「海賊」をマリアが子どもたちに与えた文学的遺産の一つとして捉える前提として、ペンザンスの風土とマリアの文学的土壌について明らかにした。

三　アングリアの起源を巡って――海賊の歴史的背景――

ブランウェルの「海賊」を紹介する前に、ブロンテきょうだいが物語を創作したきっかけについて触れておきたい。それは、一八二六年六月五日、九歳の誕生日をまもなく迎えるブランウェルに父パトリックが贈った一二個の兵隊人形にあった。四人の子どもたちはそれぞれが演じる人形を選び、「若者たちの劇」を即興で演じて遊んだ。この劇に登場する四人の英雄たちは、西アフリカに架空の国グラスタウン連邦国を建国し、統治者となって国を分割した。統治者は歴史上の人物をモデルとしており、シャーロットはウェリントン卿、ブランウェルはナポレオン・ボナパルト、またエミリとアンは二人の探検家、ウィリアム・エドワード・パリーとジョン・ロスを演じた。即興劇から始まった創作活動はやがて物語へと発展していき、「言葉」は紙に記録された。

ブランウェルの初期作品集全三巻を編纂したのは、カナダ人のヴィクター・A・ノイフェルトである。彼は、ブランウェルの詩と散文を合わせた膨大な作品群を一八二七年から三三年、一八三四年から三六年、一八三七年から四七年の三つの時期に分けた三巻本にし、一九九七年から九九年にかけて出版した。九歳から一六歳までの作品を収録した一巻では、主にグラスタウン連邦国の建国と発展、また主人公アレグザンダー・パーシー〔またはロウグ、エルリントン卿、ノーザンガーランド公爵〕と呼ばれる主人公の誕生。また二巻では、アングリア国の建国と発展やパーシーとザモーナ〔シャーロットの主人公〕の抗争が主な内容となっている。三巻ではパーシーの敗北と衰退、また一八三九年にグラスタウン・アングリア物語を閣筆してから以降に書かれた作品が収められている。

ブランウェルが一八三〇年一二月から三一年五月にかけて書いた「若者たちの歴史」は、シャーロットの「夢想物語」のリテリングであり、グラスタウン建国の物語である(Alexander and Smith 515)。シャーロットの作品と大きく異なる点は、約三倍の文量と、国名や領土面積などを含む、地理的な情報が多く盛り込まれている点にある。一二人の勇者たちはイギリスからアフリカへと航行し、オランダ人やアシャンティ人と戦い、[5]奥地探検を進めながらグラスタウン連邦国を建国し、ヨーク公に代わってウェリントン卿がグラスタウンの統治者となる。ブランウェルは「若者たちの歴史」を書く際に、グラスタウン連邦国の地図も描き、これによってグラスタウンの歴史的また地理的な背景を確立させた。一六ページからなる物語の表紙裏に挟まれていたこの地図は色鉛筆で描かれ、現在は英国図書館に所蔵されている。

一八三三年から三四年にかけて書かれた「侵略戦争」と呼ばれる作品は、グラスタウン・アングリア物語全体の中でも、一つの転機となる作品として位置付けられている(岩上 一二五)。グラスタウンの敵はアシャンティ人からフレンチーランドと呼ばれるフランス軍に代わり、苦戦を強いられたグラスタウン連邦国が首都ヴェルドポリスを撤退し、新国アングリアを建国するまでの物語である。「侵略戦争」以降、アングリア国を舞台にして物語が創作された。

ブランウェル研究のロバート・G・コリンズは、「アングリア国」名称の起源はインドの海賊カナージ・アングリアにあるとし、アングリアは海賊王国の建国者且つ、インド軍提督であったと指摘した(19)。日本人には聞き慣れないこの海賊は、一七世紀末から一八世紀初頭にかけてヨーロッパの勢力を牽制し、一七五六年にロバート・クライブ率いるイギリス軍が討伐するまで猛威を振るい、イギリス東インド会社の貿易にとって有害、且つ驚異的な存在であったことでイギリス海軍史上にその名を刻んだ。前述したジョンソンの『海賊列伝』や、クレメント・ダウニングの『インド戦争――海賊アングリアの勃興、成長、国力及び軍事力』（一七三七）でも、その圧倒的な強さが記録されている。また、『ジェントルマンズ・マガジン』（一七五六）では四ページにわたり、ジョン・ワトソン提督が難攻不落の要塞ゲリアを陥落させた記事が掲載されている。悪名高きインドの海賊アングリアがイギリス軍に長年にわたり苦戦を強いたことは、同時代の作家たちにより誇張され語り継がれた。しかし、イギリス側から最高の海賊の烙印を押されたアングリアは、インドでは東インド会社の貿易船から西インドのマラバー海域を長きにわたり守った英雄としてみなされている。

ブランウェルの母親がペンザンス出身であったことを鑑みると、遠く離れたインドの海賊アングリアに対して一種のエキゾチシズムを感じていたことは偶然ではないかもしれない。興味深いことに、ペンザンスの海岸はアングリアが活躍したコンカン地域の海岸と地形が非常に似ているとも指摘されている(Keay 260)。またペンザンス出身＝海賊という偏見もあいまって、これまでマリアの先祖は海賊出身、と安易に想像されることもあったようだ。しかしライトが強調するように、マリアの父親が従事していたのは、あくまで密輸業であった。また、ペンザンスは何世紀にもわたりイスラム国から海賊が奇襲し、一六二五年には白人奴隷として地中海や北アフリカに拉致された住民もいた。一七六〇年にはアルジェリアの海賊が西アフリカ沿岸と勘違いしてペンザンスを奇襲したこともあり、当時一〇代であったマリアの父母の脳裏にも、異国の海賊に対する強烈な印象が焼き付いたと想像されている (Hardie 3)。

一方、密輸商人と海賊の定義は非常に曖昧で、マリアが生きていた頃は特に顕著であった。また海賊船の他にも、私掠船、つまり海上で遭遇した海賊船や敵国船に対し、武力で奪い返してもよいとする私掠許可状 (Letter of Marque and Reprisal) を得た民有武装船があった。私掠船と海賊船の違いは非常に曖昧で、私掠許可状を持っているかどうか、言い換えれば、国から雇われているかどうかが鍵となる。イギリスでは一三世紀初頭、ヘンリー三世が最初に私掠許可状を発行したとされ、私掠船が奪還した財貨から高率の手数料が徴収され、国家財政に利潤をもたらした。また、スペインの無敵艦隊を破るため、エリザベス一世治下で多くの私掠船が活躍し、海軍力を増強したことは有名である。私掠船はやがて、「一七世紀よりヨーロッパ列強間で繰り広げられた植民地戦争において、敵国の海上輸送を妨害する私的海軍」（稲本　四八）、つまり正規海軍の補助としての役割も担った。「イギリス南西部のデボン、コーンウォールを拠点とする私的海軍力は、イギリス近海における海上覇権の確立」（四六）において大きな役割を果たした。

アメリカ独立戦争（一七七五―八三）やナポレオン戦争（一七九九―一八一五）においても私掠船が軍備に貢献した。しかし戦争後は私掠行為を非難する世論が高まり、また国際貿易が発展するにつれ商船による海上輸送の重要性が増し、海上交易を乱す私掠船は有害視された（稲本　五〇）。ナポレオン戦争終結の一年前に書かれたバイロンの『海賊』において、謎めいたバイロニック・ヒーローとしての海賊が生まれたのには、以上のような歴史的背景があったと考えられる。海賊のイメージが大きく変遷する過渡期において、複雑な海上模様を映し出したのがブランウェルの「海賊」であった。

四　ブランウェルの「海賊」

「侵略戦争」の執筆と同時期の一八三三年の二月に書かれた「海賊」は、グラスタウンに住むジョン・フラワー大尉［ブランウェルの筆名の一つ］が作者となっている。フラワーは、グラスタウンに住む学者、歴史家、作家の肩書を持つ。また、政治家、軍事指導者でもあり、「ヴェルドポリスの政治」や「羊毛は高騰する」の作者でもある。物語は語り手であるジェイムズ・ベリンガムが、知人であるロウグを訪ねるところから始まる。主人公アレグサンダー・ロウグは、ブランウェルの詩や物語に数多く登場するアレクサンダー・パーシーの一番最初の名前である。ロウグからアレグザンダー・パーシー、エルリントン卿、そしてノーザンガーランド公爵へと呼称が変化するにつれて、彼の生涯や性格も複雑になる。

ロウグは海賊、デマゴーグ、革命者、政治家であり、シャーロットの物語に登場するヒーローであるザモーナ公爵の友人かつ敵でもある。ちなみに、ザモーナはロウグ即ちノーザンガーランドの娘と結婚する。よって、ブランウェルのヒーローであるノーザンガーランドは、シャーロットのヒーローであるザモーナにとって義理の父でもある。ロウグの心理また、様々な人格は、ブランウェルが愛してやまなかったジェイムズ・ホッグ（一七七〇―一八三五）の『義とされた罪人の手記と告白』におけるドッペルゲンガー・モチーフを反映していると考えられている (Alexander and Smith 345)。ロウグは、ブランウェルの「英国人からの書簡」に初めて登場し、グラスタウン連邦国の首都であるヴェルドポリスにおいて反逆を企てる。一七八九年のフランス革命を模した暫定政府を立てるが、スニーキー国において謀反を繰り返し、ウェリントン卿に敗北し撃たれ死ぬ。その後生き返り、海賊船ローバー号の船長としてヴェルドポリスの町に返り咲いて登場するのが、本作品である。それでは、いよいよブランウェル作「海賊」の中身について見ていくこととする。

ロウグの知人である語り手のベリンガムは、巨額の富を得て帰郷したロウグの豪邸を訪問し再会するところから物語は始まる。邸宅の前にはグラスタウンの港が広がり、航行する夥しい数の船舶や、着岸した船でごった返している波止場が眼下に広がっている。はるか彼方には、スタンパス国やマンキーズ国の島々が広がっている美しい光景がある。この光景は、母マリアの故郷ペンザンスから見渡せるマウンツ・ベイや、イギリスのモン・サン・ミッシェルとも呼ばれるセント・マイケルズ島の地形と重なり合う。ベリンガムが通された部屋では、蛇のような狡猾な顔つきのロウグが彼を迎えた。商人をやめ海軍に入り、今や提督あるいは海賊であると名乗り、ブランデーを煽り海を眺めながら怪しげな独り言をつぶやく。船を略奪する計画の中に、ベリンガムの所有する船の名前も入っていたので、ベリンガムは度肝を抜かれる。そこへウェリントン公爵がやって来て、フランス船をはじめ多くの船を襲っている海賊船は、ロウグ・スデス会社の船であると宣告し、ロウグに対して海軍法廷に出頭して証言するように命じた。ロウグは自分の会社に着せられた汚名を晴らし潔白を証明すると誓うが、一転逃亡を図る。

ロウグはベリンガムを口封じするために道連れにし、海軍法廷への出頭から逃れるため船で逃亡を企てる。ベリンガムが「海賊船あるいは私掠船 (pirate or privateer)」(Brontë, *Works* 1: 244) と形容するこの船が、グラスタウンを離岸し遠く離れていく風景描写では、「風が、勇敢な船の聳え立つマストや索網《さくもう》から、陰鬱で哀れを誘う死体のような調べを吹きすさびながら」(245) 航行する様子が描かれ、ローバー号で散った幾つもの罪なき商人あるいは海賊たちの遺体やその亡霊を彷彿させる筆致には、目を見張るものがある。

グラスタウンを離れた海賊船は船に遭遇すると、「紅色の旗の代わりにウェリントン卿の緑の旗を揚げ、海賊用の短刀や短剣を捨て、頭に巻いた赤い海賊のハンカチを外し、貿易商が着る青いジャケットとアザラシの毛皮製の帽子に着替えて」(245–46) 登場する。船旗を付け替えることにより海賊船［私掠船］から商船へ、またその逆になりすます行為は、それらの船は紙一重ほどの隔たりしかなく、容易になりすますことが可能であった当時の複雑な海事活動を色濃く反映していると言えよう。ロウグの逮捕令状を携えた軍人を偽物の船長であるスデスが迎え、捜索に協力すると見せかけて、ローバー号の海賊たちは次々と士官らを倒し、相手の船の前に犠牲者の首を並べた。その後銃撃戦が繰り広げられたが、相手の船の乗組員たちはすべて惨殺され、ロウグが勝利した。

本作品の翌年に執筆された「羊毛は高騰する」では、アレグザンダー・ロウグは貴族として登場し、海賊であった頃を回顧して「海賊船ローバー号」という詩を書く。この詩では海賊船が無防備な商船を襲う様子が、よりリアルに描かれる。荒れ狂う海原を「震えながら寄港する豪華だが弱小の商船」(Brontë, *Works* 2: 28) は羊や雁に譬えられ、ロウグ率いる「勇敢な」(29) 海賊たちとの血しぶき舞う乱闘の末、商船は燃やされ「血のような赤い月」(30) となり海墓へと沈む。海を一度も見たことがなかった一五歳のブランウェルが、嵐海で海賊船に遭遇した商船が子羊のように海路に迷い、ライオンの餌食と化すように海原に飲み込まれる様子を鮮明に描写した点は、称賛に値するであろう。

「海賊」に話を戻すと、再び紅色の旗を掲揚し航行していると、今度はグラスタウン連邦国の旗を掲げ、エルリントン伯爵とその家族を乗せた船に遭遇した。そこで再び商船を表す緑色の旗を揚げ、先ほど奪った逮捕令状をかざして相手の船に乗り込み乗っ取ろうとしたが、伯爵の娘であるゼノビア・エルリントンは紳士的なロウグに好意を抱き、ロウグもゼノビアを絶賛した。やがて二隻の船は向きを変え、グラスタウンに帰航した。その途中、一隻目との戦いでロウグの意に反して相手の船員を虐殺したスデスは、反対にロウグから銃で撃ち殺され、その死体は海へ投げ捨てられる。スデスが亡くなった後、ロウグはベリンガムを解放しゼノビアの夫となり、身を入れ替えてエルリントン子爵になると宣言した。二隻の船はグラスタウンへ戻り、ロウグはウェリントン公爵の屋敷へ急行する。ウェルズリー公爵、海軍大佐、ベリンガムらを前にして、ロウグはこれまでの海賊行為が直ちに赦されることを条件に、被害者に対する賠償をすると申し出た。この申し出は受理され、彼の海賊行為に対する制裁は賠償金により免除された。ゼノビアとエルリントン子爵となったアレグザンダー・ロウグとの結婚式が執り行われ、その祝賀会に出席するために語り手ベリンガムが筆を置いたところで物語が終わる。

結末で注目すべき点は、ロウグが海賊行為を繰り返しながらも賠償して無罪放免されることであろう。一七一八年にイギリス国王により出された恩赦により投降した海賊は罪を許された。ハーティは、既婚者は海賊になれなかったことから、ゼノビアと結婚することにより海賊から投降し、恩赦を受けたと考察する(56)。先述したように、「海賊」の執筆年である一八三三年当時は海上から海賊船や私掠船が姿を消しつつあった頃である。バイロンやスコットと同様に、ブランウェルもまた『海賊列伝』に登場するような海賊たちの悪漢ぶりに一種のノスタルジアを感じていたのかもしれない。(6)

五　結び

商人あるいは海賊、そして提督。この三つをブランウェルは、キリスト教の三位一体説に準《なぞら》える。「海賊」の冒頭でロウグは、「商人、提督、そして海賊三つの顔を持ち、それらが合わさって一つの顔である」(Brontë, *Works* 1: 241) と自嘲しながら呟く。父、子、聖霊の三つそれぞれが神であり、また一体の神でもあるというキリスト教の根幹をなす三位一体説の揶揄である。英国国教会牧師の息子であったことを考えると、アイロニーを感じずにはいられない箇所であろう。他方注目すべきは、ロウグが持つ三つの顔は、驚くほどカナージ・アングリアが持つ顔と重なり合う点である。イギリス側から最高の海賊の烙印を押されたアングリアは商船を数多く所有し、彼の率いた艦隊がインドにおける海軍創設の礎となったことから、現在ムンバイのインド海軍造船所には彼の功績を讃えるための記念碑が建立されるほどである。ブランウェルが創造した西アフリカの架空の国アングリアには、インドの愛国主義的な海軍国家が見え隠れする。また一方で、地元屈指の貿易商、且つ市長の永久補佐としてペンザンス自治体の経営を担っていたブランウェルの祖父トマスもまた、密輸商人という別の顔を持っていた。マリアの長男にして唯一の男子であるブランウェルが、一五歳の時に書いた「海賊」という小説に、マリアの生まれ故郷であるペンザンスの港の風景やペンザンスを奇襲したイスラム系の海賊たち、また祖父トマスの生涯を透かして見ることも、可能であろう。確たる証拠は現存しないが、ブランウェルが書いた「海賊」に、母親が与えたかもしれない文学的影響の断片とペンザンスの残影を垣間見られよう。海賊表象の転換期に書かれた本作品を通して、母から息子へと紡がれた「言葉」の軌跡が辿れるのである。

注

＊本稿は、JSPS科研費JP21K00407の助成を受け、二〇二〇年一二月二〇日に近畿大学で開催された日本英文学会関西支部第一五回大会、及び二〇二一年一〇月一六日に駒澤大学でオンライン開催された日本ブロンテ協会二〇二一年大会において口頭発表した原稿に加筆、修正を加えたものである。尚、本稿二は、拙論「没後二〇〇年――マリア・ブランウェルに思いを馳せる」（『ブロンテ・スタディーズ』第七巻第二号二〇二二年所収）と一部重複する。

＊＊本稿で扱った初期作品は全て未発表作品であるため、二重鍵括弧を用いて英語表記や執筆年を付さない。ただし論考の中心である「海賊」関連については、バイロンやスコットの『海賊』との相異を示すために執筆年と英語表記を加えた。

（1）『海賊列伝』の作者は長らくデフォーだと考えられてきたが、複数の研究者が誤りであったと指摘する(Moore 17)。

（2）バイロンのタイトルにあるcorsair（コルセア）は、主に地中海南岸で活動していた海賊を指す。

（3）座礁船から回収されたマリアの所持品の一つであるロバート・サウジーの『ヘンリー・カーク・ホワイト詩集』は、パトリックの没後牧師館でオークションにかけられ一世紀近くアメリカに渡っていたが、二〇一五年に所有者が見つかり、二〇一七年にブロンテ博物館に戻ってきた(Dinsdale 25)。

（4）ソーントンでマリアは、ジョン・ファース医師の娘で読書家のエリザベス・ファースと出会い、彼女との交流を通して知的な社交生活を享受したものと考えられている(Wright 108–09)。

（5）西アフリカの現在のガーナ地域に住むアシャンティ人は、一七世紀末にアシャンティ王国を築き繁栄したが、一九〇一年に英国植民地軍に敗れた。

（6）ブロンテ家が愛読していた『ブラックウッズ・エディンバラ・マガジン』には、ブランウェルが「海賊」を執筆する少し前の一八二九年から一八三三年にかけて、『トム・クリングルズの航海日誌』という海賊小説が連載されていた (Harty 46)。

引用文献

Alexander, Christine and Margaret Smith. *The Oxford Companion to the Brontës*. Oxford: Oxford UP, 2003.

Barker, Juliet. *The Brontës*. St. Martin's, 1994.

Brontë, Patrick Branwell. *The Pirate*. Ed. Christine Alexander with Joetta Harty and Benjamin Drexler. Sydney: Juvenilia, 2018.

——. *The Works of Patrick Branwell Brontë*. 3 vols. Ed. Victor A. Neufeldt. New York: Garland, 1999.

Collins, Robert G. Introduction. *The Hand of the Arch-Sinner: Two Angrian Chronicles of Branwell Brontë*. Oxford: Oxford UP, 1993.

Dinsdale, Anne, Barbara Heritage and Emma Butcher. *Charlotte Brontë: The Lost Manuscripts*. Keighley: Brontë Society, 2018.

Hardie, Melissa. *Brontë Territories: Cornwall and the Unexplored Maternal Legacy, 1760–1860*. Sussex: Edward Everett Root, 2019.

Harty, Joetta. "Playing Pirate: Real and Imaginary Angrias in Branwell Brontë's Writing." *Pirates and Mutineers of the Nineteenth Century: Swashbucklers and Swindlers*. Ed. Grace Moore. London: Routledge, 2016. 41–58.

Keay, John. *The Honourbale Company: A History of the English East India Company*. New York: Macmillan, 1991.

Moore, Grace. Ed. *Pirates and Mutineers of the Nineteenth Century: Swashbucklers and Swindlers*. London: Routledge, 2016.

Smith, Margaret. Ed. *The Letters of Charlotte Brontë with a selection of letters by family and friends*. Vol. 2: 1848–1851. Oxford: Clarendon, 2000.

Wise, T. J. and J. A. Symington. *The Brontës: Their Lives, Friendships and Correspondence*. Vol. 1. Philadelphia: Porcupine, 1980.

Wright, Sharon. *The Mother of the Brontës: When Maria Met Patrick*. Yorkshire: Pen and Sword, 2019.

稲本守「欧州私掠船と海賊――その歴史的考察――」『東京海洋大学研究報告』五号、二〇〇九年、四五―五四頁。

岩上はる子「ブランウェル・ブロンテ初期作品研究（2）――「侵略戦争」を中心に――」『滋賀大学教育学部紀要　人文科学・社会科学』五二号、二〇〇二年、一二五―三五頁。

加藤憲市『イギリス古事物語』、大修館書店、一九九四年。

第五章　ジョン・ダンの二つの夜想詩

友田　奈津子

一　夜の詩学

一五九七年、中世と近代が交錯した一六世紀の終わりを前にし、イングランドの詩人であり宗教家であるジョン・ダンは書簡詩「嵐」において、混沌とした時代に生きる苦しみを天地創造の聖句に思いを馳せ語った。

光の長兄である暗闇が、この世に対する
長子権を主張し、天国まで光を追い払ってしまった。
すべてが一つになり、そして無となり、
あらゆる形相が、一様に醜い形相となって
覆いつくし、神がもう一度
「光あれ」と言われなければ、昼は来ることはないであろう。(1)（六七―七二）

「光の長兄である暗闇」と、忠実に創世記をなぞることによって闇が光に対して長子権を持つと主張するダンは、自分に突きつけられた「この世」の耐えられない厳しさを、神の恩寵の徴としてこの世を照らす光が失われ、闇が光を超越し打ち勝つさまの描写によって表した。絶望に打ちひしがれる詩人の前に広がるのは、かつての光を失い、形相が崩壊し、すべてが無に帰した世界である。天地創造以来の光なき暗闇の中、こうした倦《う》んだ閉塞感を打破する「もう一度『光あれ』」という、神による世界の刷新を期す詩人の前に広がる闇の深さを、詩人は今実感している。

夜想詩という夜を主題にした詩のジャンルがある。夜というすべてのものにとっての共通の日常的経験は、当然のことながら、西洋文学の様々な作品において描かれてきた。しかし人間の活動的な日常の営みを可能にする昼とは異なり暗闇によって視界を遮断する夜は、たとえば絵画において顕著なように、光を中心とした主題を際立たせる副次的な道具立てとして用いられることが多い。星や月、夜に活動する鳥の鳴き声、静寂に落ちる露など、背景として描かれてきた夜は、それ自体が主題になったとき、その実態の不確かさゆえにその有様を言葉で紡ぐ文学を挑発する。

夜が文学的営為の軸となったのは、主に啓蒙の時代、一八世紀であるとされる。「光あれ」という聖書の文言を、詩人アレクサンダー・ポープがアイザック・ニュートンのための墓碑銘として一七三〇年に改変した「ニュートンあれ、すると光が現れた」という言葉がパラダイムの転換を証言したこの時代、その光の眩さの陰でエドワード・ヤングは『夜想詩』において、そしてトマス・グレイは『田舎の墓畔にて詠める哀歌』において、来るゴシック文学、そしてロマン派の先駆けとなる墓場派によって、まるで光に逆らうかのように夜は歌われた。科学革命を経て近代へと移行するにあたって、理性が蒙昧な精神の暗闇に光を差し込んだとされるこの時代、それと反比例するかのように科学的精神では測れぬ深遠なる知性のありかとして、心の内奥に沈潜する闇を詩人たちは夜の詩の中で称揚した。しかし、高い精神性を示す場として夜が詩人たちの関心の的となったのは一八世紀が初めてではない。初期近代、宗教改革、科学革命を通過し、それまでの伝統的な価値観を転覆させる激震に敏感に反応した彼らの先達が夜を作品の主題に据えた。

英詩における夜想詩はダンを嚆矢《こうし》とする。『オックスフォード英語辞典』には"nocturnal"という語がダンによって夜想詩という意味で使われたことが記されていることからも、ダンが夜想詩を英文学史の系譜の中に持ち込んだことがわかる。そして同時代の詩人たちも夜をテーマにした作品を生み出したことからも、この時代夜が主題とすべき価値ある対象であると、その存在感が増していたことがわかる。(2) ただし夜を主題とするという点を除いて、暗闇が対象である夜想詩は、その叙述に明確な輪郭を持ちがたい。すなわち曖昧で多様になる傾向が強いがために確固たるジャンル規定や形式を獲得しない夜想詩は、夜をどう歌うかという選択が詩人たちに託されることとなる。

そもそも夜を語るということはどういうことなのか。夜は古来より両義的に描写されてきた。昼間の労働から人々を解放する休息の時間としての夜への認識がある一方、闇へのネガティヴな見方というのは、漆黒の空間に経験的に人が恐怖を抱くことから、人々の感覚に根差してきた。とりわけキリスト教が共同体の集団意識を支配していた時代において、「光あれ」という言葉に導かれる聖書的世界観により、光への依存と闇への恐怖は夜に対する人々の受容にフィルターをかけた。キリスト教文学において光が神であるのに対して、サタンが「闇の王」と呼ばれていることからも、夜が反逆者たちの、神に仇《あだ》なすものたちの時間帯であり、空間であると見做されてきたのも自然なことであったであろう。ダン自身の多くの詩と説教もまた夜以上に光に言及しており、それは聖書において「光は暗闇の中で輝いている」、「神は真なる光である」といった聖句から、(3) 光あっての闇という闇の副次的な位置づけを踏襲するものであった。しかし光と闇との伝統的な認識に対して、ダンは新奇な着想と言葉の彫琢により彼固有の夜の世界を現出させ、同時代の文人たちもまた夜への固定的把握を脱出しようとする試みを見せる。初期近代、夜はスリリングな言説の舞台となる。

ダンと同時代を生き、同様の文化的体験をしていた劇作家であり、翻訳家、そして詩人であったジョージ・チャップマンの初めて出版された詩集『夜の影』（一五九四）の献辞には、夜に魅せられ集まった好事家たちの名前が列挙されている。

才気煥発なダービー、深い思索のノーサンバランド、そして技芸に長けたハンズドンの後継者が、凍りついた知識への活気ある熱、そして彼らの真の高潔さの称賛すべき輝きへ、非常に有益に自らの学識を享受している。そして、その高い徳によって、燦然と輝く太陽すらもその美を羨む暗闇から、いつか私に炎を吹かせるであろう。（一九）

ここで挙げられている第九代ノーサンバランド伯ヘンリー・パーシーをはじめとする面々に加え、クリストファー・マーロー、サー・ウォルター・ローリー、そして科学者トマス・ハリオットらが「凍りついた知識」に抗する学識を尊んだ一派が登場する。こうした彼らが標榜するのが夜の暗闇である。それまで燦然と輝き、権威の象徴であった太陽すらも夜の美しさに嫉妬するとされる。ここで夜は科学、すなわち錬金術を始めとする新科学と呼ばれる近代科学の萌芽期に、先進的な精神を持つ彼らが自らの宗教的・伝統的因習を打破する思想を示す場として掲げられている。

しかしこうした先進的な科学への傾倒に対して、同時代、真逆の反応がパンフレット作者トマス・ナッシュによって放たれる。ナッシュは科学の知見に基づく新しい学識を求める態度を無神論として弾劾し、チャップマンの『夜の影』と同年一五九四年に『夜の恐怖』を発表し、夜への忌避感を表明した。(4)

相反する夜を巡る言説が登場する中、緊張を増していく清教徒革命の喧騒に背を向け、内省的な宗教詩を詠んだウェールズの詩人ヘンリー・ヴォーンは、彼らとも異なる夜の光景を描く。同時代、「夜」を多く詠んだ形而上派の詩人の中でも、ヴォーンほど鋭敏に、充溢する光が生み出す闇を夜の空間の中に見て取った詩人はいない。

賢きニコデモはそんな光を見たのだ
夜によって彼の神を知らせるように。

もっとも祝福された信者だ、彼は！
暗闇と盲目のあの地で
長らく待ち望まれた癒しを与える翼を見ることが出来て
　あなたが昇られ、
もう決してなされ得ないことを、
すなわち真夜中に太陽と語り合うということをしたのだ。（五―一二）

ヴォーンがその作品「夜」を取材したのは、ヨハネによる福音書三章二節において、特に夜を選んでニコデモがイエス・キリストを訪れるシーンである。神の子との夜の語らいのシーンをヴォーンは「真夜中」と「太陽」の遭遇として描く。神は光であり、その御子“son”は音を同じくする太陽“sun”と共鳴し、神の子と太陽は一体化する。そしてヴォーンはこの光である神との交わりの舞台を夜――闇の中で一層その輝きを増す明暗が最もきわだつ時間、人間が神と触れ合うことのできる特別な時間――に設定する。ヴォーンは、この鮮烈な光と闇の交わりをさらに緊密に結びつけ、「神の中には（そのように言う人がいるのだが）／深い、しかし目の眩む闇があると」（四九―五〇）と、極限までに光と闇とが拮抗する瞬間に言及する。ヴォーンは夜を悪魔的な時間ではなく、むしろ神の光をより一層際立たせるがゆえに、神の存在を最も近いところで感じられる神聖な空間として認識する。

「日の眩む闇」という撞着語法が孕む矛盾に満ちた明暗の対照の中に神の出現を見たヴォーン、そして「暗闇から火花を吹く」というように、闇の中から新たな知識の出現を願ったチャップマンら、「夜」は日が暮れた一日の一区分という定義を超え、多様な意味を取りながらも、彼らが希求する信仰心、学識の在り方を表明する場となった。聖俗入り乱れさまざまな思想が台頭する中で、「夜」をどう見るか、どう表現するかということが、自らの立ち位置を明確にする試金石となっていた。

「夜」はさまざまに異なったイメージの中で揺れ動く。"nocturnal"という語を詩のジャンルへ接続させることにより、その後のイングランドの夜想詩の伝統の起点となったダンはその作品の中で夜をどのように描くのか。ダンの二つの作品、恋愛詩「一年で最も短い聖ルーシーの日の夜想詩」と宗教詩「キリストに捧げる讃美歌　作者が先年ドイツに旅するにあたって」は、光なき夜を描く詩としてダンの作品の中に現われる。本稿ではこの二つの詩を中心に、ダンがいかに夜を描き、その夜の描写が何を意味しているのかを、暗闇を言葉で紡ぐダン固有の詩的表現に注目し考察する。(5)

二　祈りの夜

「聖ルーシーの日の夜想詩」は太陽の力が最も弱くなる冬至の夜、すなわち聖ルーシーの日を歌う。この真夜中の世界において、太陽はその効力を失い、大地は有益なものすべてを飲み込み、詩人は墓場と化した世界の墓標に今なっている。すべてが真っ暗闇の深淵へと吸い込まれるという状況設定の中で詩人が描く夜の情景が、「無」、そして「水腫」病みの世界であることが冒頭提示される。

今夜は一年の真夜中、聖ルーシーの、
太陽の真夜中。七時間も太陽が顔を出すことはない。
　太陽は使い果たされ、今やその火薬瓶は
わずかな火花を放つだけ、絶えず続く光はない。
　　世界の樹液は沈んでいる。
すべての香油を水腫病みの大地が飲み干し
死者の命がベッドの脚へと伝うように、生命は死に
大地へと沈んでいった。けれどみんな笑っているように見える
あらゆるものの墓碑銘である私と比べると。（一—九）

語り手である詩人は、この冬至の日の夜という自然現象を超自然的な場面へと転換させる。三〇四年頃に殉教したカトリックの聖人として知られる聖ルーシーの名を冠するこの日には、そのルーシーという名前が意味する光が示すように、光の祭典が催される。しかし詩人は太陽の光の有難さを

言祝《ことほ》ぐのでなく、むしろその光の喪失に注目する。光が失われ、命を与える「樹液」は大地へと沈み、世界は「水腫病み」となり不活性化し、「死者」になっている。さらに畳みかけるように詩人は、自分がこの暗闇の中ですべてのものの「墓碑銘」になっていると焦点化する。

一八世紀の墓場派も墓場をおもに夜の風景として描いたが、ダンによるこの最初の夜想詩にもすでに墓が夜想詩の特性を示すものとして登場する。ただ墓場派の詩人たちが、夜の墓場の風景を沈思黙考の場とし、他者として墓を眺めるのに対して、ダンの作品に現れる墓は、自らの墓であるという点に明確な違いがある。この詩空間に置かれた自身の墓を詩人は外から眺めるのではなく、墓に収められた死者の視点から語る。死者の語りという通常ならば到底不可能な状況を可能にするのが、この太陽の死と再生が行われる冬至の夜なのである。

恋愛詩というジャンルに凡そ想定される一般的なイメージとはかけ離れたダンらしい誇張された表現が特徴的な本作品だが、その中でも際立っているのは、愛を喪失し、「あらゆるものの墓碑銘」となり絶望する中で示される死と復活の詩行が錬金術によってなされる点である。夜をどう表現していくのかにあたって、同時代においては伝統的な夜の表象に加え、チャップマン、そしてヴォーンで見たように、ダンの周辺には少なくとも二種類以上の夜が存在している。そしてここで描かれる夜はいわゆるチャップマン好みの新科学の着想に近い。(6) 五連で形成される作品の構成において、間の三連は錬金術への言及で展開される。

私はあらゆる死せるものであり
私の中で、愛は新しい錬金術を生み出す。
　　愛の技は無からでも
第五元素を抽出したのだ。
重い絶望から、つらい虚無から。
愛の神は私を殺し、そして私は蘇るのだ
不在、暗闇、死、そんな実体のないものから。

すべての他のものは、あらゆるものから、命、魂、形、霊といった
良きものを引き出し、存在している。
愛の蒸留器によって抽出された私は
　　すべての無であるものの墓なのだ。

（中略）

しかし彼女の死（この言葉は彼女を汚す言葉）によって私は
　最初の無からその精髄を育んだのだ。（一二―二二、二八―二九）

愛の神によって殺され、墓碑銘になった詩人は絶望によって「無」となる。この夜想詩を支配する

のは暗闇と喪失である。恋人の喪失により深い絶望に襲われた状態を、詩人は錬金術の操作と重ね合わせて描き出す。錬金術“alchemy”は、その語源がエジプトの「黒い土」から来たとされ、また錬金術の用語“nigredo”、すなわち「黒」が「第五元素」を得る浄化の第一段階とされ、後にカール・グスタフ・ユングの分析心理学において「魂の暗い夜」という浄化の段階とされたように、(7)夜と錬金術は親和性が高い。「聖ルーシーの日の夜想詩」もまた、夜を魂の再生場とする。「愛の蒸留機」の中で詩人は、すべての形質が失われた状態、「無」の状態へと溶かされ形を失い、そこから「第五元素」、エリクシルが抽出される。

しかし、この真夜中の実験室で精製されるエリクシルは、通常錬金術において想定されるであろう役割、不老不死の霊薬という役割を果たさない。詩人は確かに「私は蘇るのだ」と、復活を遂げようとしているのだが、その結果は、「無」になった状態をむしろ深めるものであった。連続する二、三、四連には、「無」が言及され、とりわけ四連目の「無」には「最初の」という言葉が付与され、各連が進むごとに「無」はその純化を、錬金術の操作の過程で順次深めていくこととなる。

夜を錬金術の空間と設定することにより、万能の薬によって絶対的な無となり夜の世界に溶け込んでいく。ダンの夜の特徴は、夜を神との出会いの場とし暗闇に際立つ光を描いたヴォーンとは異なり、夜の徹底的な暗さにある。

このまったき暗黒の夜、詩人はどこへ向かうのか。最終連、今宵が聖ルーシーの日であることが思い出される。

しかし私は無になった。私の太陽も昇らない。
君たち恋人たちよ、君たちのために、より小さな太陽が
　今この時、磨羯宮《まかつきゅう》に入り、
　　新たな精力を得て、それを君たちに与える。
　　　君たちの夏を大いに楽しみなさい。
彼女は長い夜の祝祭を楽しむ。
私は彼女のもとに行く準備をしよう。この時間を
彼女への祈りの時間、前夜祭としよう。今宵は
一年の、そして太陽の深い真夜中。（三七—四五）

真夜中に始まり真夜中で終わる本作品は、一見したところ連続した一夜のことが述べられているように見えるが、錬金術により「無」と一旦なったのち、パラレルな世界が生み出されていることが詩行から窺える。すなわち、恋人たちを照らす「より小さな太陽」のある現実の物理的な世界と、語り手のいる「深い真夜中」という次元の違う霊的な世界がここにはある。そしてもはや語り手の「太陽」は上ることはない。

　しかしこの詩行には、一連で見られたような恋を失って絶望する者の悲壮感はない。むしろ「私の太陽」である「彼女」が「楽しむ」この前夜祭に赴くと、嬉々として述べる。語り手がこの「深

い真夜中」行うのは“vigil”である。「前夜祭」と訳した“vigil”は「徹夜の祈り」も意味し、一連で墓碑銘と化していた語り手は、夜を徹して祈りを捧げる祈る人として、この闇夜を享受する。

ダン以後、“nocturnal”が“night piece”という意味を持ち始める以前、“nocturne”はカトリックにおいて夜の祈りの時間とされてきた。一見したところ恋愛のことを歌っていた詩句を、霊的なことを歌う詩句へと、連が進む過程において詩人はその意味合いを変えていく。夜を錬金術の実践の場とした詩人は完全な無となり、夜と一体となることにより、夜を祈りの場へと変えていくダンの夜の暗さは、同時代の詩人の中において、そして夜想詩の伝統において際立っている。

三　夜の病――「水腫」

ダンの夜が自己を喪失させ、夜と同一化するものであることを確認した今、「水腫」に目を向けたい。ダンの専売特許と言っても過言ではないくらいよく使われる水腫病みのイメージは、[8]「聖ルーシーの日の夜想詩」と「キリストに捧げる讃美歌」の二篇の詩、そしてそれぞれの詩に対して同様のテーマを持つ「聖なるソネット一七番」においても登場し、水腫が重要な意味を持つことが示される。

「水腫」は人々を悩ませる病の一つとしてだけでなく、比喩としても用いられる。「肥大し、水腫病に冒された都市ロンドン」と、「水腫」という病気の用語で一七世紀の迫りくる内乱のロンドンを表現したのはH・R・トレヴァ＝ローパーであったが(123)、初期近代、宗教的・政治的危機に、誰しも何らかの葛藤を覚えていたのは確かだっただろう。ダンは殉教者トマス・モアを曾祖父に、イエズス会派の修道士を叔父に、聖職者を匿《かくま》った咎で獄死した弟を持ち、国教忌避の家系に生まれ教育を受けた。(9) そのような彼がのちに英国国教会の説教師として反カトリックの論陣を張り、セント・ポール大聖堂の司祭長に上り詰めていく過程において、自らの信条が危機的状態に晒され続けられたのは想像に難くない。そんなダンの懊悩が夜の闇を希求する作品を描かせる。

一七世紀当時、体全身に水が溜まり、継続的な喉の渇きを引き起こす水腫は命を奪いかねない深刻な病気としてみなされていた。(10) 一九世紀には治療法がほぼ確立したものの、当時は体全身に水が溜まり、継続的な喉の渇きを訴える水腫は、危険な病としてさかんに言及されていた。その中でもダンはとくに水腫を意味する“dropsy”という語に加え、“hydropsy”という、その接頭辞によって水分を強く印象づける表記を好んで用いた。韻律の面などほかの要因も考えられるが、“dropsy”が一般的であるのに対し、ダンの“hydropsy”の使用は特異であり、詩人がこの表現に強い拘りを持っていたことが窺える。その理由の一端を垣間見るために、ダンの次世代の形而上派詩人、リチャード・クラショーがラテン語で表したエピグラムにおいて用いた水腫の症状を参照してみよう。

かくて渇きは取り除かれた。しかしさらなる渇きがまた生じる。
収まったかと思うと、さらに渇く。

ああ、幸福なる病！ 死を歯牙にもかけない。
彼は生命のまさに源から水を求めて渇く者。

当時、ダン以外に"hydropsy"が詩において使われているのは、クラショーのこの四行からなる短詩「水腫を癒されし者がキリストに渇く」においてくらいであろう。(11) この作品が聖書に基づいたものであるということは、ダンの"hydropsy"への執着を考える上で興味深い。クラショーはラテン語聖書であるウルガタ聖書からルカによる福音書をなぞりながら、ここで彼は水腫を「幸福なる病」と述べる。旧約聖書では、水腫は天罰、神の怒りを示す呪われた病として数回描かれているが、新約聖書で一回のみ出てくる安息日の律法を破ってまで、キリストが水腫を病んだ人を助けたエピソードによって、キリストの癒しを経験することができるこの病は、神と接触を持ち、直接的に神の恩寵を得られるといった意味においてまさに「幸福なる病」とされる。この主張がダンを惹きつける。

ああ、私の渇いた魂よ、その時が来るように待ち望んで
神の救いを約束する盃で渇きを癒すがよい。
常に渇き続けて、そして常に、死ぬまで渇き続けよ。
唯一の健康法は、水腫を病むこと。（『二周年記念の歌』四五—四八）

ダン畢生《ひっせい》の大作において、渇き続け、水腫という病を唯一の健康と言い放つ詩人の言は、一見したところ矛盾に満ちた印象を与えるかもしれない。しかし、ダンがここで見せる水腫を唯一の健康とする奇想、この水腫こそをダンは彼の信仰の在り方を言い表す最適な言葉として用いる。絶えず渇き続け、求め続けることこそが唯一の健康というサディスティックなこの病の症状は、ダンの飽くことを知らない、常に求め続けねばならない心情に、そして神の愛を得るというダンの渇望にまさに合致するものであり、「水腫」は聖句としてダンの心に刻みこまれている。

「聖なるソネット一七番」は、水腫を聖なる病として認識し、そして「聖ルーシーの日の夜想詩」同様、愛する人の死をテーマに歌う。

私が愛した彼女は、彼女の最後の借りを
自然に返し、彼女と私の利益のために亡くなった。
彼女の魂はあまりに早く天国へと連れ去られたのだ。
私の心は完全に天国のことだけへと向けられた。
この世でただ彼女を称賛することで心を研いでいたのが、
神を求めるように仕向けたのだ。流れは源を示すもの。
私はあなたを見出し、あなたは私の渇きを癒されたが、
私の聖なる渇きが私の心を溶かす。（一―八）

ここで「私が愛した彼女」と歌われているのは、一六〇一年の秘密結婚以来、労苦をともにし、一六一〇年に一二人目の子を死産し、亡くなった妻アン・ダンである。「聖ルーシーの日の夜想詩」において愛する人の死が彼を祈りへと向かわせたように、詩人は妻を想うことで、神へと目を向ける。現在と過去と時制を峻別しながらも、「向ける」／「研ぐ」(sett/ whett) と韻を踏み、対になる二行にあるように、この世俗の世界でアンと結婚し、妻をいかに愛すのかということを学ぶことで、精神は研ぎ澄まされ、詩人の心は神へと完全に向けられる。けれども唯一の健康、水腫を病んでいるダンの渇きは収まらない。「聖なる渇きである水腫が私を融かす」(A holy thirsty dropsy melts mee yett) と、「水腫」を「聖なる渇き」と再規定しつつ、神の愛に対してなお渇き続けると吐露する。そして同時に、水腫という語の中に存在する「水滴」(drop) と文字的にも音的にも相俟って、"holy"、"thirsty"、"dropsy" と、まるで打音を打つかのように韻を踏む。水が滴り落ちる様を音で表したかのようなこの一行において、詩人は「渇き」という信仰感情こそが逆説的に聖なる滴となり、詩人の全身を水浸しにし、融解する瞬間を創出する。

一連の『聖なるソネット』の中でも、最も私的なテーマを歌うこの一七番は、恋愛と結婚生活を経た後、神へ帰依するにあたって、ダンが神へどのように向かうのか、その心的過程を示す。渇き続けるダンは神の樹液を希求する。

四　永遠の夜

「キリストに捧げる讃美歌」は一六一九年、ダンがジェイムズ王の寵臣ドンカスター子爵とともにドイツに赴いた際に作られた。英国王の娘エリザベスはプファルツア選帝侯に嫁ぎ、政情不安なボヘミアに調停役として赴いた一行の旅は相当な困難が予想され、またダン自身の身体的な不安から、彼は告別の説教を行い、会衆へ別れを告げる。そして友人にこの作品とともに彼のほかの主要な作品を託して旅に出る。告別の詩とも読むことのできるこの作品で歌われるのは、実際の旅ではなく神を求める精神の旅である。まったき暗き闇の中、祈りの夜において、詩人は樹液を瞑想する。

私はこの島国をあなたに捧げて行きます、
ここで私が愛したものすべて、私を愛したものすべてを捧げて。
彼らと私との間に海が広がっている時には
あなたの海を私の罪とあなたとの間に広げてください。
冬に樹液が根元へと落ちていくように、
私も私の冬に行こうとしています。
　そこではあなた以外の誰も、真の愛の
　永遠の根元を知りえることはありません。（九―一六）

「聖ルーシーの日の夜想詩」の冒頭で描かれたのは、冬、世界のすべての樹液が水腫を病んだ大地に飲み干されて、ただ耐えることのない渇きが支配する世界の墓場といった閑散とした夜の情景であった。この賛美歌においても冬のシーンに再び樹液のイメージが転記される。根を伝わり滴る樹液は、しかし、ここでは大地に飲み干されることはない。ダンが夜に喚起する樹液は何を意味するのか。

詩人は「海」を樹液の、あるいは樹液が示唆する「血」の換喩として提示する。旅立ちの時、この島、英国を捧げる自らの姿と、人類を救済するために自らを生贄にした十字架のキリストの姿を重ねる。「捧げる」(sacrifice) とは「聖なる」(sacred) を語源とする言葉であり、詩人のこの旅立ちは、神のもとへと回復されるための聖なる犠牲である。そして仲保者キリストは水分をたっぷりと混えた「海」となって、詩人の罪と神との間に横たわる。その「海」に詩人は漕ぎ出す。

　どんな洪水に私が飲み込まれるのであっても、その海は
　私にとってはあなたの血の徴（三―四）

「海」は「あなた［キリスト］の血」の「徴」であり、詩人は船ごと――詩人の乗る船は「箱舟」（二）と称され、旧約聖書の世界が編みこまれている――洪水となって押し寄せる大海、キリストの血に呑み込まれる。

海＝キリストの血という構図は、「冬に樹液が根元へと落ちていくように」という比喩によってそのまま組み替えられ、詩人の詩想の中に、「海」、キリストの「血」、「樹液」が連結されていることが明示される。「樹液」というと、同時代の詩人たちによっても歌われているように、[12] 人間の罪を贖い、霊的な栄養を与えるキリストの血にほかならない。十字架の上で「私は渇く」(I thirsty) と吐露し、[13] 贖いの血を流し、十字架の上で今も現在形で渇き続けているキリストが流す樹液／血に浸ることのできる場、それが夜という神と己との次元を超越させることを可能にする空間である。

航海の記述を聖書の世界へと移行させ、キリストの血を海にイメージし、さらに樹液に縮約させるダイナミックな詩行が目指すのはキリスト／神との何も阻むことのない「調和のとれた愛」（一八）である。万能の薬であり、神の真実の愛である樹液、その永遠の根の中に湛えた神の真の愛を詩人は追い求めて、詩人は「あなたでもあなたの信仰でも制御しない」（一七）と、この信仰のあり方が単に宗教という制度化された枠組みの中の信仰心、そして他者としてのキリスト自身によってさえも阻まれることなく、一つに融和された魂としての愛を求めていくとする。[14]

「調和のとれた」という語が形容するこの一つに結合された愛を詩人は神に求め求婚する。

さあ、この離婚上にあなたの承認の印を押してください。
かつておぼろげな愛を注いだものに別れを告げます。
若い頃、名声、機知、希望（偽の恋人である）に散らされたあなたへの愛を、あなたと結婚させてください。
もっとも光が少ない教会は祈るには最適な場所です。
神だけを見るために、私は視界を閉ざしていきます。
そして嵐のような日々を逃れ、私は選ぶのです、
永遠の夜を。（二五―三二）

すべてのものと「離婚」をした詩人がこの旅において目指すのは、ただ神だけである。しかし詩人は神が光としばしば連想されるところ、あえて視界を閉ざし、光の届かない闇の世界に行くとする。キリスト者がキリスト者である限り、そしてたとえ無神論に新たな信念を見出そうとも、光は暗闇の中でなお一層輝くものとして、あるいはアンチテーゼとして意識に訴え続ける。しかしダンは光の出現をまったく想定しない。アンとの結婚と別れ、そして神へと誘われる中で、最終的に神との結婚を詩人は暗闇の中に求める。昼の世界の光もなければ肉欲も雑音も何もない、すべてを無に帰す夜の中で詩人は神との神秘の結婚を果たす。

最後の一行を「永遠の夜」とだけ記し、その着地を前の行で「私は選ぶ」と自らが選んだことをダンは表明する。この旅路を「永遠の夜」における神との合一へと収斂させていくこの一行が持つ迫真性は、ダンが妻との結婚という個人的な体験を、神との結婚に転化する「聖ルーシーの日の夜想詩」そして「聖なるソネット 一七番」を通過することによって達成される。

れていく。

五　夜を紡ぐ

神との合一を「永遠の夜」の中に見たダンだが、その後宗教家として上りつめていく中で、彼の『説教』の中に夜への羨望を聞くことはほとんどない。夜の暗闇は会衆を惑わすものとして戒められていく。

みじめなるかな！　神を光の中で見ず、暗闇の中で見るとは。神を真昼に見るのではなく、神を恐れつつ真夜中に見るとは。神を会衆とともに見るのではなく、恐怖の中、絶望の彼方で一人孤独な部屋で神を見るとは。（中断）彼は神を見るのだ、神を見、熟視し、沈思し、黙想する。人は光の中でこそもっともよく見るのだが、暗闇の中でもっともよく黙想するのだ。私たちが神を見るためには、神が自然の光を与えてくれるだけで十分である。黙想の中で見つめ、集中するために、神は私たちを暗闇で包み、覆い隠し、薬効のある苦悩と健全な矯正を与えてくださるのだ。（四：一六九、一七四）

宗教家として光の中、会衆に囲まれて神を見ることを良しとし、一人暗闇の中で神に対峙する人間をみじめなやつと罵るダンだが、一人孤独に渇望し続けることにより、神を見るのもまたダンなのである。ダンは暗闇について続けて語る。「神を見、熟視し、沈思し、黙想する。人は光の中でこそもっともよく見るのだが、暗闇の中でもっともよく黙想するのだ」と、光の正当性を確認しながら、夜の持つ意義を噛んで含めるように説く。

「私たちを暗闇で包む」(God benights us) と、神によって蔽われる夜の闇の中で、神を思い、大いなる苦しみを経ながら、神とまみえることを可能にする夜は、詩人の病を癒し、健全な状態にする場であった。

初期近代、人々が啓蒙の光を求めた前夜、凍りついた知識を打破する時代の扉が開かれようとする前夜、こうした時代の節目にあって、科学に魅せられつつも、ただ一人 "benight" されるダンは、神の暗夜を選び取るという選択をした。夜を再発見する詩人たちの中にあって、自分の人生の節目と呼応させながら、個人的な体験の中から神を現出させるというほとんどほかに見られることのない「永遠の夜」を描き出し、神と神秘の合一を果たすという瞬間をダンは見せる。蒙《くら》きを啓《ひら》くのではなく、暗さの中に没入し、理性では語りえぬ神性を語る場としての夜を、ダンの二つの夜想詩が提供した。

注

(1) ダンの詩の引用はすべて Grierson 版に拠る。スペリングは原文通り。

(2) "nocturnal" の類語である "night piece" は一六〇八年に出版されたベン・ジョンソンの『夜の仮面劇』に

おいて、造語され、その後の一七世紀の形而上派の詩人たち、ロバート・ヘリック、エドマンド・ウォラーによって描かれた"night piece"作品の先駆けとなった。もちろんこの時代以前にも、夜はギリシア神話やラテン古典文学において描かれており、たとえば、ヒュプノスとタナトス、眠りと死の母として言及され、またウェルギリウスの田園詩、農耕詩において見られるように、昼間の労働から逃げられる安逸の時間となされてきた。夜想詩の西洋文学全般における伝統に関しては、Chris Fitter, "The Poetic Nocturne: From Ancient Motif to Renaissance Genre," *Early Modern Literary Studies* 3, 2 (1997). http://purl.oclc.org/emls/03-2/fittnoct.html がギリシア、ローマの古典からキリスト教を経て、ルネサンスまで網羅しており、とりわけ、一七世紀において古典、中世、聖書的な伝統から夜の表現に新たな展開が現れたことを指摘している。また一八世紀啓蒙思想の光との対象性を、Craig Koslofsky, *Evening's Empire: A History of the Night in Early Modern Europe*. Cambridge: Cambridge UP, 2011 が浮き彫りにしている。

（3）ヨハネによる福音書一章五節から一〇節参照。なお、ダンの使用した聖書は主にウルガタ聖書、そして欽定訳聖書である。

（4）"As touching the terrors of the night, they are as many as our sins. The night is the devil's black book, wherein he recordeth all our transgressions" と夜の恐怖、とりわけ眠りの中で夢が見せる幻想を罪深いものとするナッシュは夜を「悪魔の黒い書物」と呼ぶ (208)。

（5）以後、「一年で最も短い聖ルーシーの日の夜想詩」は、「聖ルーシーの日の夜想詩」、「キリストに捧げる讃美歌　作者が先年ドイツに旅するにあたって」は、「キリストに捧げる讃美歌」と表記する。

（6）経験主義が浸透する前の時代、錬金術と科学の線引きがまだ曖昧であり、新科学として人々の関心を呼んでいた時代、ダンが錬金術、あるいは科学に傾倒しており、いくつかの作品の中でこの錬金術のイメージを補完するために積極的に用いたことはよく知られている。実際、チャップマンの『夜の影』の献辞においても言及され、科学の研究に没頭し、蔵書にジョルダーノ・ブルーノやジョン・ディー、その他さまざまな当時最先端かつ怪しげな本を所蔵し彼らの中心にいたノーサンバランド伯とは知己であった。彼はダンの人生を大きく狂わすことになったアン・ダンとの秘密結婚の際にも協力するなど、ダンの人生に深く関わった人物として知られている。

（7）ユングの『心理学と錬金術Ⅰ』（池田紘一・鎌田道生訳、京都、人文書院、一九七六年）参照。

（8）批評家のジョン・ケアリーは「水腫は、体がむくんで皮下組織に液体が溜まる病的な状態であり、あらゆる病気の中でダンにとって最も魅力的なものであった」(177) と述べており、ダンの詩の中に繰り返し現れる「水腫」が詩人の液化願望を体現するものであることを指摘している。また水腫についての歴史的考察に関しては、Steven J. Peitzman の *Dropsy, Dialysis, Transplant: A Short History of Failing Kidneys* が詳しい。

（9）英国におけるカトリック名家としてのダンの家系については Dennis Flynn, *John Donne and the Ancient Catholic Nobility*. Bloomington: Indiana UP, 1995 が詳細に述べている。またダンが受けたカトリック教育については、同書に加え、少年期から青年期にかけ、非国教徒式（カトリック式）の教育、とりわけイグナティウス・デ・ロヨラ方式の系統的黙想の教育を受けていたと思われることを Louis L. Marts, *The Poetry of Meditation: A Study in English Religious Literature of the Seventeenth Century*. Rev. ed. New Haven: Yale UP, 1962 が詳述している。

（10）例えば、ジョン・ミルトンは『失楽園』において、一一巻、死を得ることとなった人間に用意されている病の一つとして「水腫」(488) が挙げられている。

（11）ラテン語のタイトルは "Luc. 14. 4. *Hydropicus sanatus, Christum jam sitiens*"。

（12）ヴォーンもまたタイトルもそのまま「樹液」という詩の中で、「樹液」を神の贖いの血としている点においてダンとの類似が見られる。そのいっぽうで、ヴォーンが血を化体され、聖餐式で拝領されるブドウ酒をイメージして描いているのに対して、本文中で述べているように、ダンが制度化された宗教儀式に「樹液」のイメージを展開しないこととの相違が見られる。

（13）ヨハネによる福音書一九章二八節参照。

（14）血の交わりによる結合、結婚は、恋愛詩「蚤」にも見られるダン好みのイメージだが、最晩年の『説教』

にもまた「私自身の魂の血でできた血の海から私を引きずり出し、イエス・キリストの血という底知れぬ海へと投げ入れてください」（九：一三二）というように、「キリストの血の底なしの海」に没入するというイメージが表れる。

引用文献

Carey, John. *John Donne: Life, Mind and Art*. London: Faber and Faber, 1981.

Chapman, George. *The Poems of George Chapman*. Ed. Phyllis Brooks Bartlett. New York: Russell and Russell, 1962.

Crashaw, Richard. *The Complete Poetry of Richard Crashaw*. Ed. George Walton Williams. New York: Norton, 1972.

Donne, John. *The Divine Poems*. Ed. Helen Gardner. 2nd ed. Oxford: Clarendon, 1978.

——. *The Poems of John Donne*. Ed. Herbert J. C. Grierson. 2 vols. Oxford: Oxford UP, 1912.

——. *The Poems of John Donne*. Ed. Robin Robbins. 2 vols. Harlow: Pearson Education, 2008.

——. *The Sermons of John Donne*. Ed. George R. Potter and Evelyn Simpson. 10 vols. Berkeley: U of California P, 1953–62.

——. *The Variorum Edition of the Poetry of John Donne*. Ed. Gary A. Stringer, et al. 4 vols. (to be completed in 8 vols.). Bloomington: Indiana UP, 1995–.

Milton, John. *John Milton: The Major Works*. Ed. Stephen Orgel and Jonathan Goldberg. Oxford: Oxford UP, 2003.

Nashe, Thomas. *The Unfortunate Traveller and Other Works*. Ed. J. B. Steane. Harmondsworth: Penguin, 1972.

"Nocturnal." *The Oxford English Dictionary*. Online. 25 Aug. 2022.

Trevor-Roper, Hugh. *Renaissance Essays*. London: Secker and Warburg, 1985.

Vaughan, Henry. *The Works of Henry Vaughan*. Ed. L. C. Martin. 2nd ed. Oxford: Clarendon, 1957.

二

「言葉」と時代

第六章　トマス・ハーディの「丘の家の侵入者」における移住と結婚

橋本　史帆

一　小説におけるもう一つの意味世界

トマス・ハーディは出身地ドーセット州とその周辺地域を自作の小説群の中で、中世のイングランド南部にあったウェセックス王国にちなみウェセックスと名付けた。そして彼は、故郷の自然や文化、そこに住む人々の生活をそのウェセックスの世界に反映させて小説世界を構築した。一八八八年にマクミラン社から出版された短編集『ウェセックス物語』に収められた短編小説「丘の家の侵入者」もまた、ウェセックス世界を描いた作品である。なお、この短編小説は、研究書に章を割かれて論じられることがなく、それほど重視されてこなかった。しかし、登場人物たちの言葉や行動、当時の社会状況に目を向けると、同作品はウェセックス世界を描くだけでなく、一九世紀イギリス社会の様々な話題を写し出している点で興味深い短編小説である。

この作品は、裕福な農場主チャールズ・ダートンが、友人ジェイフィス・ジョンズと共に、婚約者サラ・ホール、通称サリーが住むヒントック村の「丘の家」へ向かう場面から始まる。その途中、ダートンとジョンズは暗闇で道に迷ってしまい、ジョンズが道しるべの上に登って道を確かめる。マイケル・ミルゲイトによれば、この場面は、一八三九年に結婚したハーディの父トマスが、結婚式前夜に取った行動に基づいて描かれたものである(15)。また、ヒントックののどかな農村の雰囲気も考慮すると、作品の時代設定は一八三〇年代と思われる。

「丘の家」では、サリーが母親であるホール夫人と共に、ダートンとの結婚を祝う夕食の準備をしている。するとそこへ、オーストラリアへ移住したはずのサリーの兄フィリップ・ホール、通称フィルが、すべてを失った状態で妻ヘレナ・ホールと二人の子供たちを連れて帰ってくる。ところが、帰国直後にフィルは病死し、さらに、ダートンがヘレナに思いを寄せていたことを知ったサリーは彼と別れる決意をし、以後、独身を貫く。一方、ダートンはヘレナと結婚するが、その結婚生活は短く不幸なものとなる。

本作品では、その意味の表層下に目を向けると、登場人物たちの人生に当時のイギリスにみられた社会問題の影響を読み取ることができる。フィルたちの帰国には移住にまつわる問題が垣間見られるし、ダートンとヘレナの結婚には階級問題、生涯独身を貫くサリーの選択には「余った女」と女性の結婚という当時の社会問題が反映されている。本稿では、登場人物の言葉や行動を当時の社会事情と照らし合わせて分析していく。そして、作家が言葉を紡いで作り上げた意味世界の深層部にある、もう一つの意味世界を明らかにしていく。

二　フィルとヘレナのオーストラリアへの移住

ここでは、はじめにイギリスからオーストラリアへの移住とイギリスの移住政策について触れる。その後、フィルとヘレナのオーストラリアへの移住を考察していく。

一七八八年、オーストラリアの東にあるポートジャクソンに、七五〇人余りの流刑囚を含む約一二〇〇人のイギリス人が到着した。以降、オーストラリアはイギリスの流刑地として有名になったが、一八二〇年代以降、当地は移民を受け入れる植民地、そして自治領へと変貌していった。そのような中、様々な社会的背景を持った人々が、それぞれの意思や目的を持ってオーストラリアへ移住した。その一方、イギリスの植民地や自治領への移住は、イギリス政府、植民地政府、移民団体、慈善家、起業家らによって推奨・準備されたものだった。特にイギリス政府や植民地政府は、移住地での経済的・社会的成功を強調し、積極的に移住を宣伝した。移住が推奨された理由は様々であったが、イギリスにある国内問題を解決するために移住が推し進められた点を見過ごすことはできない。エリック・J・ホブズボームが当時の植民地を「ゴミ箱」(84) と評したように、移住はイギリス社会にとって不都合とみなされた人々――人口増加によって激増した貧民、犯罪者、「余った女」など――を国外へ送り出す政治的・社会的手段であった。その中には、ミシェル・レンの言葉を借りれば、「きちんとしたイギリス国民の道徳規範に合わなかった人々」(108) も含まれていた。こうして植民地は、「その時代の様々な、(そして厄介な) ミドル・クラスの価値観から逸脱したイギリス国民が送り出された場所」(Ren 109) となった。例えば、オーストラリアへ移住した人々の中には、「本国からの送金で暮らす在外イギリス人」(Harper and Constantine 63) と呼ばれる人々がいた。この呼称は、学業やビジネスで失敗したり、不道徳な振る舞いを行ったり、あるいはイギリスで思うようなキャリアをつかめず植民地へ送られ、そこで実家からの送金を当てに暮らす裕福な家の子供たちに付けられたものだった (Harper and Constantine 63)。彼らの存在は、移住が社会規範から逸脱した人々を送り出す手段であったことを物語っている。

作中には、フィルとヘレナがオーストラリアへ移住した経緯は記されていない。しかし、ヘレナの育ての親である叔父が二人の結婚に反対し、ヘレナは勘当され、オーストラリアに旅立っていることから、フィルとヘレナの結婚問題が移住の原因だと推測できる。フィルとヘレナの家柄についてみていくと、ホール家はフィルに教育を与え、移住資金を持たせることができる比較的裕福な酪農家である。一方、ヘレナは海軍士官の娘として生まれ、その後、イングランド北部に住む事務弁護士の叔父に育てられたジェントルマン階層の娘である。すると、ヘレナと叔父の絶縁は、ホール家とヘレナの一家との間にある身分の違いから生じたものと考えられ、それが彼らの移住理由であったと窺い知れる。

こうした事情を踏まえ、フィルとヘレナの移住をイギリスの移住政策と結び付けていく。すると、二人の移住は次のような意味合いを持つことになる。まず、イギリスの伝統的社会の立場に立てば、階級を無視した二人の結婚は社会規範に反しており、彼らはイギリス社会の厄介者となる。

そして、そのような二人の移住は、イギリスの伝統的価値観を無視した人々を、移住を介して本国から追い出そうとした排他的な移住政策の典型例として捉えることができる。一方、フィルとヘレナの立場に立てば、二人の移住はイギリスの社会規範からの解放となる。マージョリー・ハーパーとスティーヴン・コンスタンティンの言葉を借りれば、移住は、「母国の保守的文化の中の限られた機会から抜け出す前向きな一歩」(219) でもあった。イギリスの植民地だったオーストラリアは、政治・文化・経済の点でイギリスの影響を受けていた。しかし、ビバリー・キングストンが詳しいように、そこでは才能、熱意、お金、あるいは教育が、階級や社会的地位という伝統的障壁を取り払い、より開かれた社会を作り出す助けとなっていたのである (287, 289)。このオーストラリアの状況を勘案すれば、フィルとヘレナの移住は、二人が階級差に囚われずに暮らしていくことを可能にするものとなる。したがって、彼らの旅立ちは、伝統的イギリス社会からの脱出を意味するものとして解釈できる。

三　フィルとヘレナの帰国

ホール家に到着して間もなく、体調を崩したフィルを看病していたサリーは、ダートンがかつてヘレナを愛していたことを知り、彼と別れることになる。フィルが亡くなり、未亡人になったヘレナは、しばらくした後、ダートンと結婚する。小説のタイトルにあるように、帰郷したフィル一家は、ホール家に災難をもたらす「侵入者」となるのである。

　ここで、実際の帰国者の状況を念頭に入れると、フィル一家は当時、厄介者とみなされることがあった帰国者として読み解くことができ、その意味で、彼らを「丘の家」にやってくる「侵入者」と捉えることができる。ここからは帰国者の実情に言及しながら、作中のフィルとヘレナの帰国の意味を探っていきたい。

　一九世紀は多くの人々がヨーロッパを離れ、世界各地へ移住した時代であり、とりわけイギリス人移住者の数はひと際多かった。一方、出国先から戻ってくるイギリス人も多くおり、ダドリー・ベインズは、一八七〇年から一九一四年までの間に出国者のおよそ四〇%がイギリスに戻ってきたと指摘している(39–42)。この数字には、旅行から戻ってきたり、あるいは家族や友人を訪問して帰ってきた人々、短期の仕事を終えて帰国した人々、移住目的で出国したものの、健康問題やホームシック、仕事の失敗などで帰国を余儀なくされた人々や、実家からの送金で始めた事業に失敗したり、贅沢な暮らしを続けられず、母国に戻ってきた「本国からの送金で暮らす在外イギリス人」などが含まれていた(Harper and Constantine 311)。移住先から戻ってきた人々を巡る環境について論じたハーパーとコンスタンティンによると、彼らを迎えることになった地元の人々の中には、移住への羨ましさや嫌悪感から帰国者を無視したり、戻ってきた人々が持ち帰ってきた富や植民地の雰囲気を嫌ったり、移住に失敗して帰ってきた人々を冷たくあしらうところがあったと説明している(330–31)。また、帰国者の中には、移住先で不幸な体験をする人々もいた。エリック・リチャーズが、厳しい自然環境や病気、失業、ホームシックなどが移住者を苦しめたと述べているように(87)、移住は一部の帰国者に精神的・肉体的ダメージを与えるものだったのである。

それでは、作中のフィル一家の帰国はどのように描出されているのだろうか。ホール夫人は、愛情と思いやりを持って移住に失敗して戻ってきた息子を受け入れようとする。しかし、次の引用はホール夫人の複雑な心境を語るものである。

「お前が私にそういうふうに言うのなら、私も正直にお前に言いますよ。この三年間というもの、お前は私たちのことをこれっぽっちも考えてはくれなかった。お前はたくさんのお金を持って、そして健康で、教育も受けて家を出ていったんだ。だから、そういうものをすべてうまく利用すべきだったのに。それなのに、お前は乞食のようになって帰ってきた。それも、私たちにとって、非常にまずい時にお前が戻ってきたことは否定できないよ。お前は今晩戻ってきたことで、私たちに大変な迷惑をかけるかもしれないのよ。」（二章）

フィルに対するホール夫人の呆れと落胆から、夫人がフィル一家の帰郷を心から喜んでいないことがわかる。ホール夫人の失望は、実際の帰国者と彼らを迎えることになった母国の人々との間に生じた溝を表すものとして読むことができる。さらにまた、植民地から戻ってきたフィルには、移住者の苦しみが描かれている。階級を無視し、経済的援助を受けて移住し、結局、すべての金を使い果たして戻ってくるフィルとその家族は、「本国からの送金で暮らす在外イギリス人」のくくりに入る。そのようなフィルは、ホール夫人たちが自分と家族の帰国を歓迎していないことに気付く。帰国した時の彼は、「まごまごした恥ずかしそうな態度で視線を床に落とし、何も言わずに身を沈めた」（二章）。そして、彼はボロボロになった「自分の服を憐れむようにみる二人の女性［ホール夫人とサリー］の視線」（二章）を感じる。この後、フィルは、「このまま外の川に飛び込みたい」（二章）と自分が置かれている状況を嘆く。そして、母親たちに迷惑をかけないようにするため、一晩だけ実家に泊まらせてくれるよう頼み、その後は妻子を連れて出ていくと告げる。しかし、その日の夜、フィルは病気を悪化させ、亡くなってしまうのである。フィルが感じる屈辱と失望、そして彼の死は、実際の移住者が経験した精神的ストレスと肉体的苦痛と合致するものである。このように、フィルの帰国を手放しに喜べないホール夫人と、家族と共に戻ってきたことを恥じるフィルの様子から、フィル一家が母国の人々に疎まれることがあった現実の帰国者を表象しているとわかる。この点で彼らは、「丘の家」の「侵入者」になったのである。

次にヘレナについてみていく。自宅に戻ってきた夜にフィルが病死してしまったため、彼女は子供と共にしばらくホール家で生活する。その間、ヘレナはダートンの経済的援助を受けながら子供の一人を学校に通わせ、その後、下の子を連れてダートンと再婚し、彼との間に女の子をもうける。しかし、間もなくしてヘレナはひどくふさぎ込み、ダートンと向き合わないまま亡くなる。次の引用は、ダートンと過ごしていた頃のヘレナの様子を描出したものである。

時々彼女は、昔の上品な暮らしを残念そうに語り、現在の自分の状態を不運なホールの妻だった時の状態と比較する代わりに、ホールと秘密に結婚するという運命的な一歩を踏み出す前に、どんな暮らしをしていたかつくづく考えるのであった。（四章）

ヘレナはフィルと出会う前の暮らしばかりを思い出しており、ヒントックでの生活に馴染めていない。また、語り手によると、移住後、「彼女は厳しい試練を受けてきた」（四章）ため気難しくなり、「彼女の麻痺した同情心、時にみられる無分別な態度が、率直で善意にあふれ、そしてもともとは希望に満ちた暖かいものだった彼女の心を隠してしまった」（四章）と述べている。過酷な移住生活によってヘレナは心のゆとりを失い、現状に不満を抱えるようになっていったのである。ヘレナにもまた、移住生活のトラウマに苦しんだ実際の移住者の心の問題が描き出されているのだ。

移住先から戻ってきた帰国者に冷淡な態度をとる傾向は、当時のイギリス社会の風潮の一つであった。彼らは政治的・社会的政策としての移住が失敗に終わったことを暗示させ、イギリスの社会秩序の崩壊を想起させたからである。それを示すように、一九世紀の一部の小説では、帰国者がイギリスの伝統的社会を乱し、そこに住む人々の暮らしを脅かす存在として描かれることがあった。例えば、一八七九年に出版されたアンソニー・トロロープの『ジョン・カルディゲイト』には、ユーフェミア・スミスという元女優の未亡人が登場する。彼女はイギリスからオーストラリアに向かう船上で、名士の息子ジョン・カルディゲイトと親しくなる。しかし、移住先で金に困った彼女は、金鉱で財を成し、イギリスに帰って別の女性と結婚したジョンを追ってイギリスに戻り、かつての二人の関係を世間に明らかにすると言って彼を脅迫する。ユーフェミアの帰国は、イギリスの支配体制に揺らぎをもたらすものとして描出されている。

本作品でも、フィルとヘレナの帰国を政治的・社会的に捉えていくと、彼らは本国イギリスにとって「侵入者」となる。一家の帰国は社会規範に囚われない生き方が失敗に終わったことを意味するばかりか、階級を無視した人物がイギリスに戻ってくることを示唆しているからだ。加えて、困窮したフィル一家の帰国は、移住によって国内の貧困問題に対処しようとした移住政策とは相いれないものであり、イギリスの移住政策の失敗に読み替えられるのである。

ところで、このようなフィルたちの帰国は、様々な方法で推奨・宣伝された移住のあり方に疑問を呈するものであり、移住への警鐘と読めなくもない。作中では、フィル一家がどのようにオーストラリアで過ごしていたか詳述されていない。唯一の手掛かりは、フィルの手が「あまりに小さくすべすべしていて、彼が再起を期すとしても、それが肉体労働ではなかったことは明らかであった」（二章）という記述である。先述したように、オーストラリアはイギリスより階級に縛られない土地であったが、オーストラリアへ移住した人々がすべて成功するわけではなかった。フィルが移住した時期は植民地形成期の初期にあたり、最も求められた人材は労働者と職人であった（Harper 78）。また、一八二〇年代から羊毛業が盛んになると、一獲千金を狙う人々がイギリスから押しかけた。当時のイギリスの新聞は、資産家にとってふさわしい入植先としてニュー・サウス・ウェールズをあげ（クラーク　六二）、農業界や商業界のエリートや上流階級の人々が自腹でそこにわたっていった。彼らは牧羊業や畜産業、農業を営んだが、その暮らしは過酷であった。幌馬車に乗って家畜を追い、豊かな牧草地を求めて旅を続け、開拓地を広げる途中、アボリジニやギャングと対立したり、自然災害で土地を失うこともあった。定住した土地で牧羊業を営み、土地の管理を他人に任せ、優雅に暮らす人々もいたが、羊飼いなどと共に、土地の開拓と牧羊に積極的に関わって生活する人々も多かった (Krichauff 102, 104)。つまり、比較的裕福なイギリス人であっても、生活を軌道に乗せるまでは、肉体労働と過酷な暮らしを免れることはできなかったのである。

そうなると、フィルの綺麗な手が示すように、五年近くオーストラリアに滞在しながら肉体労働には従事せず、結局、貧しくなって戻ってきた彼の状況は、植民地の需要に合わない移住の末路を表していると言えるだろう。また、体を使って働くこともないまま、状況が好転するのを待っていたフィルの楽観的な態度は、移住先の実情を正確に理解しないまま移住すること、あるいはそれを移住者に伝えないで移住を勧めることの危険性を読者に伝えてもいる。

ハーディは移住問題に関して具体的なコメントを残していない。しかし、ハーディの別の小説に目を転じると、『ダーバヴィル家のテス』（一八九一）のエンジェル・クレアが、ブラジル移住を通じて精神的成長を遂げてイギリスに帰ってくる以外、外国への旅立ちや外地からの帰国に関わる事情は、登場人物に不幸を与えるものとして描かれている場合が多い。『日陰者ジュード』（一八九五）では、オーストラリア移住の失敗をアラベラ・ドンの人生に表出し、女性移民問題に踏み込みながら帝国主義的な移住政策の不備を指摘している。移住を含む諸外国への旅立ちに対するハーディの考えは、概して否定的と言える。故郷への愛着が強かったハーディは、フィル一家の移住と帰国に異国への旅立ちがもたらす故郷の家族との対立や精神的・肉体的苦痛を描いた。それは、移住が果たした役割と移住政策の行き詰まりを明らかにし、移住のあり方に疑問を投げかけるものなのである。

四　ダートンとヘレナの結婚とサリーの選択

ヘレナはフィルの死後、子供の養育を援助してくれたダートンと結婚するが、ヘレナがダートンとの距離を縮めることはなかった。精神的に不安定なヘレナの状況が、夫婦関係を悪化させた原因と言えるが、両者の不仲は夫妻の社会的格差によるものとも考えられる。「彼女は農家の家庭生活のかなり細々としたことをつまらない雑事としてほったらかしにした」(四章)とあるように、ヘレナは農家の暮らしに馴染もうとせず、ダートンを困らせる。では、このヘレナの態度が夫婦の不和にいかに結びつくか、当時の家庭と職場の関係性について言及しながら検討していく。

イギリスの中間層では家庭と職場が混在する家があり、夫と妻が家事とビジネスを協力して行うことがあった。ジョン・トッシュによると、ヴィクトリア朝時代が始まる前、「夫が家事にある程度関与していたように、女性もまた市場での生産に関わっていた」(14)という。農家の女性が、農具のメンテナンスといった農業関連の作業を行うのは当然のことであった。家庭と職場の線引きがあいまいであったため、夫婦が共に家事とビジネスに従事する光景は、農家ではよくみられるものだった。一方、一九世紀前半には、工場の出現や経済発展の影響を受けて家庭と職場を切り離す考えが少しずつ広まり、職場がある町を出て郊外に家を構える人々が増え始めた。とりわけこの現象は弁護士や医者といったプロフェッションの家庭にみられ、そこでは女性の領域は家庭だという考えが支持され、女性はビジネスから離れていった (Davidoff and Hall 287)。

ダートンはジェントルマン・ファーマーであるため、ヘレナが仕事をしない暮らしを送ることはできる。しかし、一八三〇年代に設定された農村ヒントックで、家庭と職場を切り離す考えが浸透していたとは考えにくく、ダートン家では妻が農業関連の仕事を行う必要があったはずである。しかし、ヘレナは右記したように、「以前の上品な生活」を恋しがっており、「農家の家庭生活」には無関心なのである。これは、弁護士の家で育った彼女の家庭環境に起因していると言えるだろう。家庭生活を巡る夫婦のすれ違いは、家庭と職場に対する両者の考えの違いを表しており、それはまた、プロフェッションの家に生まれたヘレナの階級意識を明らかにするものなのである。フィルとの結婚は階級を越えたものであったが、ヘレナの心の奥には社会的地位を重視する意識が潜んでいたのである。それはダートンとの結婚生活の中で姿を現し、彼女は手を差し伸べてくれたダートンへの思いやりを忘れ、自分が置かれている状況に不満を募らせていったのである。

階級という社会規範にこだわったヘレナとは対照的に、サリーはダートンと別れた後、結婚を当然視する価値観とは異なる独身の人生を選ぶ。ダートンとの結婚に対するサリーとホール夫人の態度を比較すると、ホール夫人はサリー以上に結婚を深刻に受け止めている。ホール夫人はダートンとの結婚がサリーにとって「名誉なものである」(二章) とみなし、ヘレナの死後、ダートンがサリーに再び結婚の申し込みをしてきた時、それを断ったサリーを「恩知らずだ」(五章) と考える。ホール家とダートン家の経済力を考えれば、ホール夫人が娘の結婚に期待を寄せるのは理解できるが、そのような夫人の思いを女性の結婚難問題と照らし合わせると、ホール夫人に「余った女」の危機感を読み取ることができる。

一八〇一年の国税調査によると、女性の数は男性の数を約四〇万人上回っており、その差はさらに広がっていった(ウィリアムズ 一四)。女児のほうが男児より成人に達する確率が高かったこと、男性の海外移住と晩婚化がその主な原因に挙げられ、その結果、一八四〇年代からミドル・クラスの女性の結婚難が表面化し、増え続ける未婚女性は「余った女」と呼ばれるようになった。そしてこの状況は、女性の「家庭の天使」という理想像とイギリスの家父長制を揺るがしかねない社会問題とみなされた。

このような状況を考慮すると、ミドル・クラスの下層に位置するホール家にとって、サリーの結婚は深刻な問題であったはずである。結婚にこだわらないサリーに対するホール夫人のもどかしさは、娘が妻にも母にもならない人生を歩むのではないかという不安から生じていると考えられる。後に社会問題とされた「余った女」現象への危機意識を、一八三〇年代を生きていたホール夫人の抱える憂いに認めることができるのである。
　母親の心配とは裏腹に、サリーは結婚しないという決断を下し、ヘレナの死後、サリーとの結婚を望んだダートンの二度にわたるプロポーズを断る。次の引用は、サリーがダートンを拒む理由を述べたものである。

「私、結婚するつもりはないわ。なぜそう思うか言いましょう。今では、愛のために彼と結婚するなんてほとんど無理だからよ。それに、たとえ私たちが明日酪農をやめたとしても、私たちには暮らしていくのに十分な財産があるんだし、愛情以外の卑しい理由のために結婚する必要なんてないわ。私は今のままで十分幸せよ。もうこの話はこれでおしまいにしましょう。」（五章）

サリーは愛情のない結びつきを蔑んでおり、愛していないダートンとは結婚しないという選択を取ったのである。ハーディは、サー・ジョージ・ダグラスにあてた手紙の中で、「私はうまくいっていない結婚は、世の中で最も悲惨で最も残酷なものの一つだと感じる」(Purdy and Millgate 98) と述べ、愛情を失った結婚の厳しい実態に触れている。さらに、この短編小説が連載されてから約一〇年後に発表された『日陰者ジュード』では、スー・ブライドヘッドが結婚制度を次のように批判する。

「結婚が好きな女性って、あなたが想像しているよりは少ないのよ。ただ、彼女たちが結婚に踏み切るのは、結婚が授けてくれるはずの品位と、時には彼女たちが手にする社会的利点のためだけなのよ――私が全くなくていいと思っている品位と利点を。」（五部一章）

スーは結婚制度を社会的な体面を守る実利主義的な契約だと主張し、それを「俗悪である」（五部三章）とみなす。愛のない結婚を拒むサリーの言葉は、感情を無視した結婚の不幸を指摘し、社会的取り決めとして機能する結婚制度に懸念を示すハーディの結婚観を代弁するものなのである。

この後サリーは、「私は今のままで十分幸せなのです」（五章）と言って未婚の人生を選ぶ。作中には、彼女が独身であることを幸福と考える理由は説明されていないが、彼女の言葉には、独身の人生を歩むことへの自信と充足感が表れている。もちろん、比較的余裕のある酪農場を所有しているからこそ独身生活は可能となるが、経済的問題とは関係なく、サリーはダートンとの結婚をきっぱりと断っている。後にサリーは、ダートンの農業クラブでの演説のくだらなさを見抜いて皮肉を言ったり、彼の破産を心配する手紙を送るほどの精神的余裕をみせる。また、ダートン以外の複数の男性から結婚の申し込みを受けても、彼女はそれを断る。サリーは、女性の結婚を当然視する価値観とは異なる生き方に納得しているのである。小説が執筆された一九世紀後半は、未婚女性を「余った女」と蔑視する時代だった。そのような風潮に抗議の声をあげたのがフェミニストのジェシー・ブーシェレットである。ブーシェレットは一八六九年に発表したエッセイの中で、「余った女」に結婚を勧めるのではなく、教育や就業機会を与え、そのような女性たちが社会貢献できるよう導いていく必要があると訴え (35, 45)、独身を一つの生き方として認める発言を残している。実際、結婚しない人生を歩む女性も増えており、看護学校の設立や看護教育の体系化を図った近代看護の母であるフローレンス・ナイティンゲールはその一人である。ハーディと交流があったジョージ・ギッシングをはじめとする作家たちは、伝統的な女性のあり方を問い直し、離婚の自由や結婚しないで生きる女性を描いたニュー・ウーマン・ノベルを発表した。「余った女」が軽視されながらも、従来の女性観に囚われない女性の生き方が模索される時代に、ハーディはサリーを通じて独身を肯定的に描いてみせたのである。

五　移住と結婚の意味

フィルとヘレナのオーストラリア移住は、作中で大きな役割を果たす出来事ではないが、当時の移住政策に込められた目的や移民の立場に注目すると、それは伝統的イギリス社会を守ろうとする政策と、そのような社会との対立から生じたものであることがわかる。さらに、フィル一家の帰国には帰国者を厄介者扱いした実情や、現実の帰国者が抱く精神的不安も読み取れた。作家ハーディが紡いだ言葉の深層下には、移住政策が持つ綻びと移住がもたらす負の問題が提示されていたのである。換言すれば、故郷を愛したハーディの移住を懸念する考えが作中に織り込まれていたということなのである。

また、本短編は女性の生き方にも踏み込んでいた。サリーは結婚しない生き方に満足し、幸せだと答える。自信に満ちた彼女の態度と言葉は、形式的な結婚よりも精神的充足が得られる生き方を重視するものである。社会規範に囚われない、新しい女性の生き方が作中に記されていたのである。

注

＊本稿は日本ハーディ協会第六三回大会（二〇二〇年一〇月三一日、Zoomによるオンライン開催）における口頭発表原稿に、大幅な加筆・修正を施したものである。また、本研究はJSPS科研費JP19K13126の助成を受けたものである。

引用文献

Baines, Dudley. *Emigration from Europe, 1815–1930*. Basingstoke: Macmillan, 1991.

Boucherett, Jessie. "How to Provide for Superfluous Women." *Woman's Work and Woman's Culture*. Ed. Josephine Butler. London: Macmillan, 1869. 27–48.

Davidoff, Leonard and Catherine Hall. *Family Fortunes: Men and Women of the English Middle Class 1780–1850*. London: Routledge, 2019.

Hardy, Thomas. "Interlopers at the Knap." *The Withered Arm and Other Stories*. 1884. London: Penguin, 1999. 250–79.

——. *Jude the Obscure*. 1895. London: Penguin, 1998.

Harper, Marjory. "British Migration and the Peopling of the Empire." *The Oxford History of the British Empire*. Ed. Andrew Porter. Vol. 3. Oxford: Oxford UP, 1999. 75–87.

Harper, Marjory and Stephen Constantine. *Migration and Empire*. Oxford: Oxford UP, 2010.

Hobsbawm, Eric J. *Industry and Empire: From 1750 to the Present Day*. New York: Penguin, 1990.

Kingston, Beverley. *The Oxford History of Australia: Glad, Confident Morning 1860–1900*. Melbourne: Oxford UP, 1988.

Krichauff, Skye. "Squatter-Cum-Pastoralist or Freeholder? How Differences in Nineteenth-Century Colonialists' Experiences Affect Their Descendants' Historical Consciousness." *Australia, Migration and Empire: Immigrants in a Globalised World*. Ed. Philip Payton and Andrekos Varnava. London: Palgrave Macmillan, 2019. 93–118.

Millgate, Michael. *Thomas Hardy: A Biography*. New York: Random, 1982.

Purdy, Richard Little and Michael Millgate, eds. *The Collected Letters of Thomas Hardy*. Vol. 2. Oxford: Clarendon, 1980.

Ren, Michele. "The Return of the Native: Hardy's Arabella, Agency, and Abjection." *Imperial Objects: Victorian Women's Emigration and the Unauthorized Imperial Experience*. Ed. Rita S. Kranidis. New York: Twayne, 1998. 108–25.

Richards, Eric. "Running Home from Australia: Intercontinental Mobility and Migrant Expectations in the Nineteenth Century." *Emigrant Homecomings: The Return Movement of Emigrants, 1600–2000*. Ed. Marjory Harper. Manchester: Manchester UP, 2005. 77–104.

Tosh, John. *Manliness and Masculinities in Nineteenth-Century Britain: Essays on Gender, Family and Empire*. New York: Routledge, 1993.
ウィリアムズ、メリン『女性たちのイギリス小説』、鮎沢乗光・原公章・大平栄子訳、南雲堂、二〇〇五年。
クラーク、マニング『オーストラリアの歴史――距離の暴虐を超えて』、竹下美保子訳、サイマル出版会、一九七八年。

第七章　プロフェッションとしての文学
――後期ヴィクトリア朝文学市場にみる職業作家の創作意識の変化――

麻畠　徳子

一　文学市場の急速な商業化とその影響

長きにわたるヴィクトリア朝のなかで、後期ヴィクトリア朝期はそれまでどんな作家も経験してこなかった文学市場全体の地殻変動を目の当たりにした時期であった。中産階級読者を対象とした三巻本を筆頭とする高価な図書館版の市場が急激に縮小し、[1]大衆読者を対象とした廉価な再販版の市場が拡大していくなかで、市場経済が文学の領域に際立った影響を及ぼすようになった。一九世紀イギリスの著述業と出版業の社会的および経済的な状況の変化を詳細に辿った浩瀚《こうかん》な研究書『大英帝国の三文作家たち』の著者ナイジェル・クロスは、一八四〇年から一八八〇年までの四〇年間は「大多数の作家は収支を合わすことができ、作家と中流階級の出版者は適当な量の出版物を生産して、中流階級の読者を満足させることができた」(5)安定した時代だと述べ、それ以降は出版者が大衆読者に照準を合わせるようになったために、その社会的、経済的な変化に対応できない作家が出版業界からの退場を余儀なくされた時代であったと述べている。そして、大衆読者の嗜好に合致し商業的な成功を収める商売人としての作家と、大衆読者の嗜好や市場の需要そのものに信を置かない芸術家としての作家という対立構図は、その後、二〇世紀に入り文芸批評におけるロウブラウの文学とハイブラウの文学という区分を強化していったといえる。[2]

一八八〇年以降における文学市場の急速な商業化とその影響について、文学芸術の衰退を危惧する悲観的な声は当時から上がっていた。[3] しかし、それより以前、ヴィクトリア朝期の文学市場を長きにわたり席巻してきた三巻本方式という小説の形態が示すように、「三巻がそろい道徳的に有害でなければ、どんな小説でも売りさえすれば少ない部数でも利益を得ることができる」という著述業にかかわる時代特有の経済的状況が、本来であれば出版するレベルではない「三流の小説に力を貸していた」(Cross 207) とみることもできる。一八九〇年代半ばに起こった三巻本の終焉[4]をエポック・メイキングな出来事とするなら、一八八〇年以降は大衆読者層の拡大により文学芸術の衰退が促された時期とみるよりも、著述を生業とする作家たちの創作に対する意識に変革が求められた時期として注目する方が適切であるといえるだろう。多くの研究者が指摘しているように[5]、後期ヴィクトリア朝の文学市場の変化によって、作家たちは「文学の商業的な秘めたる資質に自覚的にならざるを得なかった」(McCann 30) のである。

本論は、一八八〇年から一九〇〇年までのイギリス文学市場における急速な商業化が、著述業者の創作意識にもたらした影響に注目するものである。この過渡期に著述を生業とする作家たちは、芸術か商売か、というのちのモダニストたちが示した二者択一の選択ではなく、芸術であり商売でもあるための道を模索するなかで、文学作品の芸術的価値と商業的価値の両立を模索し、葛藤していたといえる。その過程で、のちの文芸批評において商売人とみなされた作家も、芸術家とみなされた作家も、著述業をひとつのプロフェッションとして認識し、「同質的な一職業団体」（村岡　二三二）として団結したイギリス作家協会が、一八八四年に創設されたことは注目に値する。作家の法的、経済的権利の保護を目的に、ウォルター・ベザントによって創設されたこの協会は、会員の意見交換の場としての機関誌『作者』を一八九〇年五月に創刊し、著述業の文化的価値や作家の社会的地位にかんするあらゆる課題を議論する場を提供することとなった。一八八〇年代にすでに商業的な成功を収めていた創設者ベザントは、一部から大衆的な作家として見下されていたが[6]、協会の運営をつうじて多様な芸術理念を持つ著述業者をひとつの目的の下にまとめ上げられたことは、ひとえにベザントの運営手腕によるところが大きく、クロスの言葉を借りれば、「ベザントは文学のほとんどあらゆる面にわたって、建設的な議論の風土を生み出すのに多大な貢献をなした」(212)といえる。本論では、文学の芸術としての側面と商売としての側面とを結びつけるキーワードとして「プロフェッションとしての文学」に注目する。そして、イギリス作家協会の活動や機関誌における議論を主な考察対象としながら、この時期の市場経済の変化が著述業者の創作意識にどのような影響を与えたかを考察する。本考察の目的は、後期ヴィクトリア朝の急速な文学の商業化の波が、プロとしての「言葉」を生み出す職業作家の意識をどのように変えたのかを、社会的および経済的な観点から描述することである。

二　著述業のプロフェッション化

イギリスにおいて、プロフェッションと呼ばれる職業階級は、中世来、聖職者、法律家、医師の三集団が存在していたが、一八世紀半ばから産業革命による労働の工業化、分業化が進んでいくなかで、職業として専門的な知識、技術を持った各種専門職が生み出されるようになり、そのような職業に従事する人々の団体という意味でのプロフェッションが社会的に認識されるようになった。そして、土木技術者や会計士、建築士などが新興プロフェッションとして一職業団体を構成するようになってきたのが一九世紀という時期だった。『ヴィクトリア時代の政治と社会』において、村岡健次は「一九世紀という時期は、イギリスにかぎらず、いずれの西欧諸国においても工業化、都市化に伴って社会的分業が進展し、その結果としてプロフェッショナル階級が、従来にも増してそれなりに大きな歴史的意義を持たざるをえなくなった時代であった」（二五五）と述べているが、そういうプロフェッションの近代化過程においてみると、イギリスにおける著述業のプロフェッション化もそうした時代の流れのひとつに数えることができる。

そのうえで、当時近代化の最先端をいっていた一九世紀イギリスにおけるプロフェッション化には、後発的な近代化を遂げた他の西欧諸国にはみられない特異性があることを、村岡は指摘している。その特異性とは、本来「弁護士、医者、会計士、建築士、などのプロフェッション資格は、すべて国家試験という制度で保障されている」のに対し、イギリスでは「プロフェッションの権威と資格の確立は、基本的に団体各自の努力に委ねられ」、国家試験という形の国の「権威には依らないプロフェッション資格の独特な確立過程が生まれた」点にあるという(235)。村岡は、このような新興プロフェッションの成立過程は、それ自体が自助の精神に則った「当該職業団体の地位向上運動」(236)にあたると述べている。

イギリス作家協会創設にあたってのベザントの取り組み(7)は、まさにイギリス的なプロフェッション化の過程を辿るものであった。一八八三年九月二八日に作家たちを組織化する話し合いを持ったためにベザントによって集められたメンバーは、全員サヴィル・クラブに所属する者だった。一八六八年に設立されたサヴィル・クラブは、ロンドンでも有数の出版業界に影響力を持つクラブとなり、「編集者たちは当時の有名な作家に接点を持とうとし、作家たちは自分たちの名を売ろうとする」(Wagenaar 260)場であった。ベザントは業界での己の人脈の広さを生かして同志を募り、桂冠詩人アルフレッド・テニスンを協会の会長職に就くよう口説き落とすことに成功する。この会長職は実務的な仕事や責任は一切ない、文字どおりの看板であったが、ベザントはテニスンという公的なペルソナを用いることによって著述業者が団結することの重要性を理解していたといえる。のちにベザントはテニスンを会長に就任させることができたことが、協会の活動を軌道にのせることにつながったと述懐している。(8)そして、一八八四年五月二六日、定例委員会において会則と規定が示され、のち六月三〇日には設立証書の受理をもってその法人格を認められ、著述業というプロフェッションの地位を社会的に示す団体となったのである。

創設当初、新興プロフェッションとして著述業という職業団体の構成員となったのは、文学市場における さまざまな領域で活躍する人々であった。詩人のマシュー・アーノルドや小説家のウィルキー・コリンズ、チャールズ・リード、美術評論家のジョン・ラスキンといった面々の他にも、劇作家やジャーナリスト、また、生物学者や歴史家、神学者、探検家、画家などが協会会員のリストに名を連ねている。(9)「作家」を冠した職業団体であったが、作家と名のつく職業に従事する同業者としてまとめられた人たちの専門分野の多様性をみると、後期ヴィクトリア朝の文学市場においては、文学とジャーナリズムの世界の区別が曖昧になっており、芸術としての文学の領域と商売としてのジャーナリズムの領域は、一職業団体として包括されているといえよう。

それゆえに、協会創設当初、著述業がプロフェッションであるという協会の主張は、すぐに社会に認められたとはいえなかった。創設を公表後のメディアの反応は、そもそも著述業が一職業団体として団結しえるのかについて疑問を投げかけるものであった。たとえば、一八八四年二月二三日付の『サタデー・レビュー』紙は協会がただの労働組合になるであろうことを警告したし、二月二四日付の『オブザーバー』紙は、弁護士や医師、石工や大工といった各専門職、技術職とは異なり、本を作るというビジネスが見習い期間や職業訓練を必要としない仕事であることを指摘して、著述業者が職業団体を結成する能力を疑問視した。五月三〇日付の『タイムズ』紙は、作家の法的、経済的権利を保護するという協会の活動目的は文学の保護につながると一部賛同しながらも、協会の目的が作家の権利保護という利己的なものに終始する可能性に触れ、プロフェッション化するのならば、個人の営利だけではなく社会の公益に奉ずる目的が必要だと述べている。

こうしたメディアからの反応をみても、ベザントにとって著述業がプロフェッションであると社会的に認めさせる意識改革が、作家協会創設当初の課題であっただろうと推測できる。『リチャード・ジェフリーズへの賛辞』において、ベザントは一八八八年出版時点での過渡期にあった協会の活動について、次のように述べている。

われわれは、当然のことながら、本物の文学協会を持たねばならない。その会員料は、ほぼ半強制的なものとすべきだ。われわれはそうした組織を持たねばならない。文学はまだ若い――せいぜい五〇歳である。法律や医学にかかわるプロフェッションは一〇〇年前に始まって今に至っている。われわれのプロフェッションはまだ若いが、いまだかつてなかった最初のものになるだろう。(148)

ここでベザントは、一〇〇年の歴史を持つ法律や医学にかかわるプロフェッションと比較して、文学という職業がプロフェッションといえるようになったのはせいぜいここ五〇年間くらいのことだと述べている。ベザントが「文学はまだ若い」と述べたこの文学とは、芸術としての文学作品の歴史ではなく、職業として興った著述業、つまり近代的なオーサーシップの歴史を指していることは明らかだろう。単純に計算して一八三八年頃から文学が社会的にプロフェッションとして成立してきたとベザントが捉えているると理解すれば、ベザントにとって著述業のプロフェッション化とは、まさにオーサーシップという概念にかかわる歴史的変化を意味していたといえる。

ベザントはこの五〇年間で著述業が具体的にどのように変化したと捉えているのだろうか。一八九九年出版の『ペンと本』において、ベザントはそれを明確に述べている。序文で、ベザントは著述業を取り巻く環境の変化を、一七五〇年、一八三〇年、そして現在まで三段階に分けて辿っている(27–33)。そして、一七五〇年では作家が新刊を執筆するとすれば、せいぜい三万人はいると想定される一部の特権的な読者階級に向けて書くという時代だったと述べ、一八三〇年になるとイギリスの人口増、女性読者数の増加により、想定される読者数は増えたが、それでも多く見積もっても五万人以上は望めない時代だったと述べている。ベザントによれば、一八三〇年という時点では国外の文学市場はまだ開拓されておらず、アメリカやその他の植民地での読者を想定することは難しかった。それが、現時点では大きく変化しており、イギリス国内の文学市場だけでなく、植民地を含めたイギリス国外の文学市場が発展していった結果、想定される読者数は一億二〇〇〇万人になっているという。ベザントは「一言でいえば、読書は教養のある階級の娯楽であったが、今やあらゆる階級の主要な娯楽になったのである」(30)と、その変化を要約している。

したがって、ベザントが捉えていた著述業に起こった変化とは、作家が想定する読者数の急増であり、その五〇年間に起こった社会的、経済的変化に対応するためには、著述業者個人ではなく同業者たちが団結して、法整備や社会的地位の確立を訴えることが必要になってきたということである。しかし、先のメディアの反応にもあったように、著述業をプロフェッションとしてみなすことへの異論は協会創設当時に存在していた。そして、ベザントは、著述業の地位に対する前時代的な固定観念が、著述業のプロフェッション化に対する無理解を招いていると指摘している。『ペンと本』において、ベザントは次のように述べている。

文学という職業に就こうとする本好きの少年はみんな、文学が物乞いのプロフェッション——飢餓寸前のプロフェッションだと警告を受けた。なぜなら文学に関する奇妙なパラドックスが存在したからだ。われわれは魅了させてくれた作家を敬愛した——しかし、それによって生活しているというプロフェッションを軽蔑した。それはまるで将官を尊敬し軍隊を軽蔑するようなものだ。あるいは判事を尊敬し法曹界を軽蔑するようなものだ。しかしながら、万人が認める意見として存在していた。文学は物乞いのプロフェッションである、とわれわれは意見を一致させた。どうやってそんな意見が育ってきたのだろうか。どうやってそれを信じるようになったのだろうか。私はそれを一八世紀、そしてその時代の飢餓寸前の詩人に遡ることができるだろうと思う。(10)

ここで、ベザントは社会が著述業に対して抱いている「物乞いのプロフェッション」という固定観念のルーツは一八世紀にあると指摘している。そして、パトロンや出版者の施しで生きる一八世紀における詩人のボロをまとったイメージが、一九世紀に入ってもなお著述業を表すクリシェとなっているという。ベザントは、個々の作家の作品は敬愛するのに、著述業という職業に対しては軽蔑するという「文学にかんする奇妙なパラドックス」が存在していると述べている。

さらにベザントは、近代的なオーサーシップという概念が興って以来、そのプロフェッションには奇妙なパラドックスが存在していることを、次のようにも指摘している。

文学という職業に多大なダメージを与えているもうひとつの状況とは、文学はほんのわずかであっても金銭に結びつけるべきじゃないという感情である。詩人は詩を世界に公表すべきであるが、お金について話すことは作者の尊厳に悖《もと》るという感情である。どうやってこんな間違った馬鹿げた偏見が生まれたのだろうか。現実には作品によって稼いだお金の全てを得ることに乗り気じゃない詩人あるいは作家などいた試しがなかった。（中略）それは今や、作品が詩とみなされないような著述業者のあいだにいまだ残っている馬鹿げた社会通念になってきているる。彼らは金銭のことを期待するのは詩人としての尊厳に悖ると考え直すことで、自分自身を慰めようとしたがっているようである。（15–16）

ここでベザントが指摘しているパラドックスとは、作者が作品の商品的価値について気に掛けることは文学の尊厳を傷つけることである、という考え方である。作品の所有権を主張する作者が、作品の商品的価値については無関心でいなければならないという矛盾は、才能のない著述業者を慰める「いまだ残っている馬鹿げた社会通念」であると、ベザントは述べている。ベザントは著述業のプロフェッション化を進めるにあたり、こうした著述業に関する前時代的な固定観念がそれを阻んでいることを指摘しているのである。

ベザントの指摘した「文学に関する奇妙なパラドックス」は、アンドリュー・ベネットが「近代的な、あるいはロマン派的なオーサーシップが持つ中心的かつ商業的パラドックス」(52)と指摘したものと一致する。「ニュー・クリティカル・イディオム」シリーズで「作者」という文芸批評用語を解説しているベネットは、近代的なオーサーシップという概念が、ロマン派的な、社会を超越した存在としての作者像と緊密に結びついて誕生した結果、その概念のうちにひとつのパラドックスを抱えたと述べている。それは、著作権という作品の「言葉」を所有する権利を主張する作者が、作品の金銭的価値については無関心であり、「言葉」を所有しようとする私欲を持たないで自律的に創作するというパラドックスである。そのため、「もし作品が商業的価値を持つのなら、それは芸術的価値に欠ける作品であると思われる」(52)というパラドキシカルな言説が成立するようになったと、ベネットは指摘している。ベザントは、近代的なオーサーシップが興ってきた過程にみられた大きな社会的、経済的変化が、こうした近代的作者という概念の持つ本質的なパラドックスを表面化させたことを理解していたといえるだろう。そのため、著述業が経済的に自立したプロフェッションであることを社会に認めさせるための意識改革が、前時代的なロマン派的な作者という固定観念を覆すことにつながっていったのである。

三 商売人対芸術家のパラドックス

前節でみたとおり、設立当初のイギリス作家協会の活動は、著述業という職業団体の地位向上運動を意味していた。一八八七年以降、著名な作家が協会に次々と加入するようになり、作家協会の職業団体としての権威は高まりをみせた。一八八七年にはアンドリュー・ラングやオスカー・ワイルド、一八八八年にはヘンリー・ジェイムズ、一八八九年にはジョージ・ムーア、一八九〇年にはアーサー・コナン・ドイルやラドヤード・キップリング、一八九一年にはジェイムズ・マシュー・バリー、一八九二年にはマリー・コレリーと、当時を代表する著名な作家たちが協会の活動に賛同を示した。一八九二年イギリス作家協会の年次定例総会のスピーチにおいて、ベザントは、会員数が創設当初の六八人から現在では八七〇人に増加したそれまでの協会の活動を振り返り、創設当初のことを次のように述べている。

われわれは――あの一歩を踏み出してから――実に一〇〇名を下らない会員を持つに至った。会員のなかには準備にかかる出費を捻出するために永久会員にならなければならないものもいた。事務所のなんと質素であったことか！　家具のなんと質素であったことか！　しかし、自助の精神を持った者にとって創設期のことを振り返るのは決して不愉快なことではない。あるいは、自助の精神を持った協会――実にわれわれはそうである――にとって、ささやかな日々のことを考えるのは決して不愉快なことではないのだ。(*The Society of Authors* 130)

ここでベザントは、みすぼらしい事務所から始まったこの協会が、自助の精神を持った者たちによって社会的に自立した団体へと成長したことを喜んでいる。ベザントが繰り返し「自助の精神」を強調して、作家協会の成り立ちを振り返っているのが特徴的である。ベザントが取り組んだ著述業のプロフェッション化とは、まさにイギリス的な自助の精神に則った職業団体の地位向上運動であったといえよう。

二〇世紀以降の文芸批評的区分でいえば、商業的に成功した大衆作家と成功しなかった芸術家とが、著述業の社会的地位向上という点で利害が一致し、多様な芸術理念を持ちながらもこの時期に団結したことは注目に値する。これは前述したようにベザントの手腕によるところが大きく、協会を運営するにあたって、ベザントが特定の芸術理念や主義に肩入れしないことを意識していたからである。一八九一年八月九日付の書簡にて、ベザントは「協会の機関誌はひとりの会員を、好意的であれ批判的であれ、批評すべきではないし、全ての会員について批評すべきでない――ということは、結果的にどんな本についても取り上げて批評しないとするのが公平であろう」[10]と述べており、当時の文芸発行物には珍しく、協会の機関誌に新刊の書評が掲載されることは稀であった。べザントは、著述業における専門領域の多様性を理解しており、相反する芸術理念がその職業的団結を乱すことを避けたのである。先にみた『ペンと本』の序文で、ベザントは次のように述べている。

文学というプロフェッションなど存在しないようにふるまうことは、実によくある、そして実に愚かな気取りである。何千という人がそのプロフェッションによって実際に生活しているという明白なよく知られた事実があるにもかかわらず、これである。こんなナンセンスでわれわれを憤慨させないでほしい。現在著述業で生活している何千ものなかで、一〇〇年後に記憶に残っていられるものは二〇人もいないだろう。それは［文学はプロフェッションかどうかという］問いにはまったく影響しない。われわれには、文学において作品を生み出そうという試みによって実際に生活している何千もの人がいるということを思い出すだけで十分である。そして、彼らが、文学のより上等な形式によってであるかどうかはともかく、実際に文学的人生を送っているということを思い出すだけで十分なのである。(3)

ここで、ベザントは作品の芸術様式にかかわらず、著述業というプロフェッションに従事する者とは、著述によって生計を立てようとしている者を指す、と明確にいい切っている。そうした職業観において、ベザントは商業的な成功を収めた作家とそうでない作家という利害関係上の対立構図を作らないようにしていたのだといえる。

そうした協会の方針を持っていたベザントだからこそ、一八九一年六月号の協会機関誌『作者』において、編集長ベザントがジョージ・ギッシングの『三文文士』を取り上げ、書評に誌面を割いたことは注目に値する。先に述べたように、基本的に新刊に対する書評は行わない方針であったが、ベザントが『三文文士』を取り上げた意図は、作品の内容が著述業の実態を作品の主題においたリアリズム小説であったことから推察される。ベザントが協会の活動をつうじて著述業という社会にその実態があまり知られていない職業の現実的な側面を知ってもらおうとしていたとすれば、『三文文士』は創作によってそれを実践した作品であり、それゆえにベザントは協会誌上でその内容に言及することにより、協会会員にその作品へ関心を持ってもらおうとしたのだと考えられる。

ギッシングの『三文文士』は、商業化が加速する後期ヴィクトリア朝の文学市場において、実利主義に奉じるものが成功し理想主義に奉じるものが敗北する現実を、写実主義の筆致で描いた作品である。そして、簡略化を恐れずにいえば、一章におけるジャスパー・ミルヴェインの「彼［リアドン］は非現実的な古いタイプの芸術家で、僕は一八八二年の文士なんだ」という台詞が端的に示すように、売れない芸術家エドウィン・リアドンが理想主義者を、その友人で野心的なジャーナリスト、ミルヴェインが実利主義者を体現している。そして、最終章において、失意の末に亡くなったエドウィンの元妻であるエイミイを、ジャスパーが妻として迎える結末に「報い」というタイトルを与えて終わっているこの作品は、トロフィーとしての妻であるエイミイの譲渡という形で、図式的な勝敗を両者に下しているといえる。

ただし、この作品は、著述業における商売人対芸術家という二項対立を描き、その勝敗を明示したものとして簡略化できるわけではない。レイチェル・ボウルビーは、ミルヴェインとリアドンを両極として作品を分析しているが、ボウルビーによれば、両者の二項対立とは「文化は新しい商売やそれが迎合する大衆社会とは両立しえないという前提から生じた、価値と階級の過酷なさまざまな二項対立」であり、その対立が生み出した「袋小路」を描いた作品であると論じている(117)。グレアム・ローは、ギッシングが一作家として商業化する文学市場に対して、「新旧両方の出版制度に満足せず、後戻りするか先へ進むか決められず、周囲で起こっていた激しい文化的な衝突では、どちらかの味方をするのを嫌がった」ため、「根本的に両価感情《アンビヴァレンス》を抱いていた」(163)と指摘している。つまり、ギッシングは一作家としても、『三文文士』という作品においても、商売人対芸術家という二項対立では割り切れない「袋小路」、すなわち自己矛盾を示していたのであり、それは前節でみたような近代的なオーサーシップにおけるパラドックスを示しているといえるだろう。

ここで注目したいのは、『作者』にてベザントが『三文文士』を取り上げた際、作品に描かれる著述業者の描写がどれも真に迫るものであるとその写実性を評価したうえで、特に写実的に描かれている人物として、エドウィンやジャスパー以上にアルフレッド・ユールを挙げている点である。ベザントは、書評において次のように述べている。

この作品中最も真に迫った、最も悲しい人物は、古い「文学」に属した人物である。前時代的流派の批評家で、文学にしがみついており、毎日日に日に気難しくなっていき、原稿は時々受け取ってもらい、一仕事をあちらこちらで終え、出版者と編集者に完全に依存した生活を送り、だれからも望まれない作品を書き、その人生は屈辱と嫌悪と失望の連続で、出版者をみすぼらしく待ち続け、彼らの「寛容さ」に望みを託している。まさに、彼［ユール］の娘のいうように、彼はいまわしいプロフェッションに就いている。それは、完全なる文学の堕落である。それはいまだにわれわれと共にあるグラブストリート［貧乏文士のたまり場。貧乏文士が集まり住んでいたロンドンのグラブストリートにちなむ］である。しかし、彼はさらに彼のプロフェッションを貶めている。なぜなら彼は絶えず文芸雑誌の編集長になるという自尊心を温めており、彼の唯一の考えにある、その能力でできることといえば、いかに同業者を痛めつけ引きずり落とすかということなのだ。「やつらにみせつけてやろう」と彼は言う。「いかに酷評するかをやつらにみせつけてやろう」。そうだ、いまだにこれがこの種の作家の考えなのだ。(15)

ここでベザントは、出版者や編集者に依存する前時代的な文人であるユールを、「この作品中最も真に迫った、最も悲しい人物」として、その写実的描写を称賛している。そして、作中、文芸雑誌の匿名記事で自分の作品が酷評されたことに対して、いつの日かやり返そうと同業者への私怨を抱くユールの文人としての尊厳について、いまだにこうした考えを持つ作者は存在すると指摘している。ベザントがこのキャラクターに注目したのは、前節でみてきたように、著述業のプロフェッシヨン化を阻むのがこうした前時代的な作者という概念を信じている社会や著述業者であるとベザントが理解していたためであり、また己の文人としての尊厳を保つために、同業者に連帯意識を持たないキャラクターとして描かれている点もまた、著述業に対する意識改革を阻む存在としてベザントの関心を惹いたのであろうことが推察される。

ベザントは、『ペンと本』において商業的な成功を収めることができない、ユールのような作家が、前時代的な作者という概念に逃げ場をみつけ己の尊厳を保とうとすることについて、次のように述べている。

> 彼らの本はとてもいいものかもしれないが、人気はない。それゆえ、そうした書き手たちは、自尊心を保つために、お金のことなど気に掛けたことがないように振る舞う。まごうことなき天才の多くは、完全なる真実を伝えているのに人気が出なかった、と彼らは指摘する。彼らもまた少しも売り上げを上げられなかったから、当然、彼ら自身も天才の一員に含まれるということの根拠となる。これで慰められる。いや、それ以上だ。人気のない預言者はお金を軽蔑するものだという高みに立つことができる。お金のことに触れるのは文学の堕落だと、彼らは話すことができるようになるのだ。(133–34)

ここでベザントは、先にみた「もし作品が商業的価値を持つのなら、それは芸術的価値に欠ける作品であると思われる」というパラドキシカルな言説が、いかに著述業の現実から目をそらすための詭弁として機能しているかを指摘している。ベザントは、著述業をプロフェッションとしてみなした場合、商売人対芸術家という対立構図自体が作家個人にとっての「袋小路」として浮上することを理解していたのだといえるだろう。

四　近代的なオーサーシップの再構築

一七一〇年にイギリスで近代的な著作権法[11]が成立し、著作権の所有者である作者という概念が誕生して以降、オリジナリティを重視する一八世紀ロマン派の創作論と関連づけられた結果、近代的なオーサーシップという概念はある種のパラドックスを孕むものとなった。マーサ・ウッドマンジーによれば、オーサーシップの現代的用法では、作者とは「ユニークでオリジナルな作品を創ったことにたいする唯一の責任を持ち、またそれゆえに独占的に名声を得るに値する個人」(35) のことを指す。しかし、オリジナルな創作を生むためには、社会の影響を受けず自律した創作活動をする必要があるという前提から、ロマン派の典型的な作者は「根本的に社会から距離を取り、根本的に社会から切り離された」(Bennet 60) 存在として位置づけられるようになった。そのため、創作活動にあたり作者は社会の経済観念からも切り離され、「言葉」を紡ぐときも作者はその「言葉」を所有しようとする私欲を持たない、というロマン派の創作論が、近代的なオーサーシップの概念にパラドックスを抱かせるようになった。ベネットは、それを「ロマン派的なオーサーシップの中心的パラドックス」(65) と呼び、そのパラドックスが二〇世紀の詩や批評、文芸理論にまで影を落としていると指摘する。

本論では、一八八四年に創設されたイギリス作家協会が、作者の法的、経済的権利を保護するという目的を掲げた際、不可避的にこのパラドックスに直面することになった経緯を辿ってきた。プロフェッショナルとしての著述業者は、作品への対価を要求する権利を持つものだが、その対価をつけるのは文学市場の需要であるという現実に直面したとき、一作家のなかに市場の需要に応えるのか自由な自己表現を追求するのかの葛藤が生まれる。ベザントは、その葛藤が商売人対芸術家という二項対立的な枠組みに落とし込めないことを理解していたといえるだろう。むしろ、そのパラドックスを生んでいるのは、商売人と芸術家を対立項であると考えるロマン派的な捉え方であり、ベザントはその捉え方を乗り越えることを目指したのだといえる。

二〇世紀以降の文芸批評における大衆作家としてのベザントの評価[12]も相まって、ベザントが「社会的・財政的報酬を獲得するのと、芸術家を目指すのとのあいだに、なんら矛盾を感じなかった」ことについて、「ブルジョア的」と、その動機を階級に帰す傾向があることは事実である (Cross 218–19)。しかし、本論で考察してきたように、作家協会を創設し、著述業をプロフェッション化しようとした過程において、ベザント自身その「矛盾」を創設時における協会の取り組むべき課題として捉えていたといえよう。大衆読者数が増加することを「楽天的」(Cross 217) に歓迎していたベザントであったが、それは芸術としての文学への影響を気にしていなかったというわけではない。一八九四年八月号の『作者』において、ベザントは「作者は出版者に依存し、出版者は公衆に依存する。それゆえ、作者は公衆に依存している」(297) と述べ、できるなら作者は「公衆にだけ依存する」(297) ようになればいいと述べている。ベザントにとって、後期ヴィクトリア朝の文芸市場におきた商業化の波は、それまで特定の出版者を介した作者と読者の間接的なかかわり方から、出版者を介さず作者と無数の読者が対峙する直接的なかかわり方へ変化することを意味していたといえる。そして、作者が市場の需要を示す無数の読者のことを常に意識して創作するように変化していく過程で、近代的なオーサーシップのパラドックスが表面化し、作者という概念が再構築されていくようになっていったのが、二〇世紀に入ってからの出来事であるといえるのではないだろうか。

注

（1）イギリス文学市場における三巻本の生産量の変化については次を参照。Troy J. Basset, "The Production of Three-volume Novels in Britain, 1863–97," *PBSA* 102:1 (2008) 61–75.
（2）モダニストによるロウブラウとハイブラウの区分については次を参照。井川ちとせ「リアリズムとモダニズム——英文学の単線的発展史を脱文脈化する——」『一橋社会科学』第七巻別冊 (2015) 61–95.
（3）ナイジェル・クロスは文学市場の商業化にたいする悲観的な声が上がっていた例を、同時代のものたちを中心に取り上げている。Nigel Cross, *The Common Writer: Life in Nineteenth-Century Grub Street* (Cambridge: Cambridge UP, 1985) 204–40.

（4）三巻本小説は、一八九三年には過去最高の一三一点を記録したが、一八九四年の大手貸本屋ミューディとスミス社による各出版者への通告書をきっかけに激減し、一八九七年G・H・ヘントレーによる『クイーンズカップ』を最後に消失する。

（5）先行研究で指摘されている後期ヴィクトリア朝の文学市場の変化については次を参照。Peter Keating, *The Haunted Study: A Social History of the English Novel* (London: Secker and Warburg, 1989) 9–87. N.N. Feltes, *Literary Capital and the Late Victorian Novel* (Madison, WI: Wisconsin UP, 1993) 3–34. Philip Waller, *Writers, Readers, and Reputation: Literary Life in Britain 1870–1918* (Oxford: Oxford UP, 2006).

（6）ベザントの商才を嫌った同時代の著述業者の反応は次を参照。Andrew McCann, *Popular Literature, Authorship and the Occult in Late Victorian Britain* (Cambridge: Cambridge UP, 2014) 35–37.

（7）作家協会の創設については次が詳しい。Victor Bonham-Carter, *Authors by Profession* (London: The Society of Authors, 1978) 145–65.

（8）ベザントの述懐の詳細は以下に収録されている。Bonham-Carter 121.

（9）創設時の会員リストについては次を参照。Bonham-Carter 121.

（10）ベザントの書簡は次を参照。Walter Besant, Letter to James Baker, 9 August 1891, Bristol University Library, DM 384/2/9.

（11）西欧諸国における最初の著作権法は一五四五年にヴェネツィアで制定されたが、近代的な著作権法に与えた影響は小さい。『イギリス著作権法』（木鐸社、一九九九年）では、一七一〇年のアン法は「世界で最初に著作者の権利を認めた著作権立法として諸外国に大きな影響を与えたことで名高い」と述べられている（iii）。

（12）McCann 36–37.

引用文献

Author, The. 36 vols. London: Incorporated Society of Authors, 1890–1926.

Bennett, Andrew. *The Author*. NY: Routledge, 2005.

Besant, Walter. *The Eulogy of Richard Jefferies*. London: Chatto and Windus, 1888.

——. *The Pen and the Book*. London: T. Burleigh, 1899.

——. *The Society of Authors: A Record of Its Action from Its Foundations*. London: Incorporated Society of Authors, 1893.

Bowlby, Rachel. *Just Looking: Consumer Culture in Dreiser, Gissing, and Zola*. London: Methen, 1985.

Cross, Nigel. *The Common Writer: Life in Nineteenth-Century Grub Street*. Cambridge: Cambridge UP, 1985.

Gissing, George. *New Grub Street*. 1891. London: Penguin, 1968.

McCann, Andrew. *Popular Literature, Authorship, and the Occult in Late Victorian Britain*. Cambridge: Cambridge UP, 2014.

Wagenaar, Detlef. *The Rise of the Professional Author: The Life and Work of Sir Walter Besant*. Nijmegen: Radboud Universiteit Nijmegen, 2012.

Woodmansee, Martha. *The Author, Art, and the Market: Rereading the History of Aesthetics*. NY: Columbia UP, 1994.

村岡健次『ヴィクトリア朝の政治と社会』、ミネルヴァ書房、一九八〇年。

ロー、グレアム「出版——ギッシングと定期刊行物」『ギッシングを通して見る後期ヴィクトリア朝の社会と文化』、野々村咲子訳、溪水社、二〇〇七年。

二 「言葉」と時代

第八章 ポストフェミニズム時代に読む『ダロウェイ夫人』

高橋 路子

一 「ヴァージニア・ウルフなんかこわくない」

二一世紀の世紀転換期にヴァージニア・ウルフが再びスポットライトを浴びた。『ダロウェイ夫人』(一九二五)は、主に一九二〇年代のイギリスで活躍したこのモダニズム作家の代表作であるが、それを題材にして書かれた小説『ジ・アワーズ』(一九九八、邦題『めぐりあう時間たち』)が二〇〇二年に映画化されると「ヴァージニア・ウルフなんかこわくない」というキャッチーなフレーズが主要メディアの見出しを飾った。(1)

「ヴァージニア・ウルフなんかこわくない」というフレーズはアメリカの劇作家エドワード・オルビーの戯曲(一九六二初演)に由来するが、その含意を理解するには、オルビーの戯曲が発表された六〇年代アメリカの社会情勢について知っておく必要がある。当時アメリカは、公民権運動の流れを受けて第二波フェミニズム運動の隆盛期を迎えていた。女性の経済的自立を訴えた『自分だけの部屋』(一九三一)や女性の政治参加を唱えた『三ギニー』(一九三九)の著者であるウルフは、象徴的存在として位置付けられていた。急進的なフェミニストたちの台頭を前に、当時のアメリカ当局がウルフを社会不安と混乱をもたらす元凶として警戒していたとしても不思議ではない。ブレンダ・R・シルバーは、大規模な社会変革に対する人々の不安と反発の矛先がウルフに向けられたと分析している。[2] オルビーの作品［厳密には、その題名］はウルフに対する人々の印象を決定付けたと言ってもよいだろう。

しかし、時代はポストフェミニズム、すなわちフェミニズムは終わったとされる時代を迎えた。にもかかわらず、二〇世紀末から新世紀にかけて「ヴァージニア・ウルフなんかこわくない」というフレーズが相変わらず繰り返されているのは、いったいどういうわけなのだろうか。

本稿では、ポストフェミニズムと呼ばれる時代において、「ヴァージニア・ウルフなんかこわくない」というフレーズがいまだに有効であることに着目し、ポストフェミニズム時代においてウルフの作品がどのように扱われているのかを検証する。二節と三節では、ウルフ受容の歴史を振り返った上で、ポストモダン作家たちによる『ダロウェイ夫人』の関連作品を紹介する。四節では、世紀転換期に再び集まったウルフ人気とポストフェミニズムの関係を、新自由主義および消費社会の観点から分析する。五節では、新自由主義が掲げるエンパワメントという魅惑のスポットライトの下で浮かび上がるウルフ像から、改めてポストフェミニズムとはどういう時代なのかを考察する。

二　「モンスター」になったヴァージニア・ウルフ

二〇一四年にマギー・ジーによる小説『マンハッタンのヴァージニア・ウルフ』が発表された。一九四一年にイギリス南東部を流れるウーズ川で入水自殺したはずのウルフが、二一世紀の主人公の前に現れるというファンタジーである。パソコンやインターネットなど時代の進化に戸惑いながらも、生き返ったウルフは再び手にした生を謳歌する。この作品で描かれるウルフは、好奇心旺盛でユーモアに溢れており、オルビーの戯曲の題名が示唆するような不安や危険とは無縁であるかに見える。

ウルフの受容の歴史を振り返って改めて思うことは、彼女ほど毀誉褒貶《きよほうへん》の激しい作家もいないのではないかということである。ウルフに対する評価にはとりわけ二つの側面、すなわち階級と女性の問題が複雑に絡み合っていることは特筆すべきことだろう。ウルフはイギリスの伝統を継承する排他的ハイカルチャーの担い手として位置付けられる一方で、フェミニスト研究者たちに再発見された結果、彼女の言葉はフェミニストのスローガンとなり、彼女の顔はフェミニストの顔としてポスターを飾るようになった（Silver 9）。ウルフが体現するこれら二つの要素が、尊敬と軽蔑という両極の評価を彼女に与えている。

イコノロジー研究者であるW・J・T・ミッチェルは、アイコンとは常に「領域紛争、敵対し合うイデオロギー間の抗争」であると定義している（四九）。アイコンとしてのウルフは相反するイデオロギーが衝突する磁場《プラットフォーム》と化すことで、その影響力および破壊力はより一層大きなものとして人々から恐れられるようになったと考えられる。こうしてウルフを恐怖と結び付ける言説は確立された。

ウルフは、「ハイカルチャーとポピュラーカルチャー、芸術と政治、男性性と女性性、頭脳と肉体、知性とセクシュアリティ、異性愛と同性愛、言葉と映像、美と恐怖」など、本来であれば区別されるはずの要素を同時に体現することで、その結果として、空前の「モンスター」と見なされるようになったとシルバーは述べている(11)。

しかし、この「モンスター」は実在するわけではなく、あくまでも人々の不安や欲望のうちにあることを忘れてはならない。そして、世紀転換期において再びウルフに人々の関心が集まる中、この「モンスター」の存在／非存在が、ウルフと後続作家たちを繋げる鍵となる。

ウルフの『ダロウェイ夫人』にも両価値的な象徴が周囲の人間に及ぼす影響を描いた場面がある。主人公クラリッサ・ダロウェイが晩のパーティのために花屋で花を選んでもらっている場面である。外で大きなエンジン音がし、周囲の目が一台の車に向けられる。すぐに車窓のブラインドが下ろされたため、後部座席にいる人物をはっきりと見た者は誰もいない。にもかかわらず、姿も見えない、声も聞こえない、正体も分からない人物の存在／非存在は、クラリッサのみならず、町中の人々の心を虜にする。

噂はたちまち広まった、形もなく音もなく、まるで丘の上にかかる雲のように（中略）謎が翼を広げて人々の顔を撫で、人々の耳には権威ある声が届いた。崇拝の精神が両目をしっかりふさがれた状態で、口を大きく開けたまま通りを徘徊した。誰の顔だったのか、誰も知らない。皇太子殿下か、王妃殿下か、総理大臣か、いったい誰の顔なのか、誰も知らない。（中略）ブラインドを下ろし、謎めいた沈黙に包まれたまま、車はピカデリー通りの方向に動きはじめた。両側に立つ人々は、依然として崇拝の精神にいたぶられながら、目で車のあとを追った。王妃殿下か、皇太子殿下か、総理大臣か、誰も知らなかった。（中略）車は去ったが、余波は残った。それは、ボンド通りの両側に立ち並ぶ手袋店、帽子店、仕立て屋に広がり、通り抜けていった。(15–19)[3]

右の場面で注目すべきは、実際に誰が車に乗っていたかということよりも、「重要人物」(15) と人々が信じる存在が彼らに与える影響の方である。

クラリッサは絶対に王妃殿下だとして疑わない。晩のパーティで客を出迎えている自身の姿を王妃殿下に重ねて想像し、思わず背筋を伸ばす。ボンド通りで買い物をしていた他の客たちは、権威者、国旗、帝国を連想し、国の犠牲となった戦没者、犠牲者のことを偲ぶ。パブで酒を飲んでいた植民地出身者は王室批判をし始める。すると他の客と喧嘩になり、しまいには殴り合いの騒動にまで発展する。それは、“ripple”や“vibration”という表現に示されるように、まるで波紋のごとく広がっていく(19)。

『ダロウェイ夫人』に挿入されるこの場面は、ウルフが後世の社会ないし人々に与える影響を彷彿とさせる。フレドリック・ジェイムソン曰く、象徴の使命とは「かなり性質の異なるさまざまな不安をすべて吸い上げ、まとめ上げる、まさにその能力にある」と。従って、象徴は「ある特定の観客にあてはまる固有の内容をもっていると考えるべきではなく、本質的に多義的な機能をもっていると考えていかなければならない。しかも本質的に社会的、歴史的な不安を、みるからに『自然な』不安へと引き戻」すのである。そして、その「多義性」こそが象徴をイデオロギー的なものにするとジェイムソンは述べている（四〇）。

象徴としてのウルフが一九六〇年代においては第二波フェミニズムに対する社会不安を体現していたとするならば、二〇世紀末のウルフはどんな不安を表象しているのだろうか。

三　読み直される『ダロウェイ夫人』

二〇世紀末から新世紀にかけて英米圏を中心にウルフ旋風が見られたことは既述の通りである。中でもダロウェイ人気には目を見張るものがある。例えば、英国ロイヤルバレエ団では二〇一五年シーズンの演目として『ウルフ・ワークス』（『ダロウェイ夫人』ほか二作品）が選ばれ、二〇〇九年に設立以来、さまざまなアダプテーション作品を舞台化してきたダイアッド・プロダクションズが二〇一四年に上演したのは『ダロウェイ夫人』の一人舞台である。それに先立ち、ニューヨークでも二〇一一年に舞台『セプティマスとクラリッサ』が上演されている。こうも重なると、二〇一二年にマンハッタンで「ザ・ダロウェイ」というレズビアンバーがオープンしたというのも単なる偶然とは思えない。(4)

小説の分野においても『ダロウェイ夫人』と関連のある作品が相次いで発表された。冒頭で紹介したマイケル・カニンガムによる『ジ・アワーズ』の他、ロビン・リッピンコットの『ミスター・ダロウェイ』(一九九九)、ジョン・ランチェスターの『ミスター・フィリップス』(二〇〇一)、そしてイアン・マキューアンによる『土曜日』(二〇〇五)である。

『ジ・アワーズ』では、三人の女性たちの生が互いに絡み合いながら一つの物語として完成されていく。まずは一九二〇年代のロンドン郊外で『ダロウェイ夫人』を執筆する作家ウルフが登場する。次に場面は変わり、一九四九年のロサンゼルス郊外、小説『ダロウェイ夫人』を読む専業主婦が描かれる。そして、これら書く女と読む女の次に登場するのが作品を生きる女である。二〇世紀末のニューヨークを舞台に編集の仕事をするキャリアウーマン、その名もクラリッサ・ヴォーン、通称「ダロウェイ夫人」である。題名の『ジ・アワーズ』は『ダロウェイ夫人』の草稿段階での仮題である。原作と同様、二〇世紀末を生きるクラリッサも朝から晩のパーティの準備に追われている。『ジ・アワーズ』と『ミスター・ダロウェイ』は、出版時期が近いということ以外にも共通点がある。まずは、題名で作家ウルフと原作の存在を明らかにしている点。次に、ゲイ作家による作品であるという点。前者では女性の、後者では男性の同性愛が中心に描かれている。

『ミスター・ダロウェイ』はウルフの原作から四年後、主人公リチャード・ダロウェイが結婚三〇周年パーティを企画するという設定になっている。続編としても読めるが、原作では隠されていた視点から作品を読み直すという試みがなされている。『ミスター・ダロウェイ』では、クラリッサの夫リチャードが実は同性愛者であることが明かされる。年下の恋人ロビーとの関係、若くして亡くなった弟との関係、威圧的な父親との関係など、この作品では男性同士のホモエロティック／ホモソーシャルな関係が焦点となっている。ウルフも同性愛者であったことから、セクシュアリティにまつわる抑圧された欲望と不安は、ウルフとの繋がりをさらに強く印象付けている。

その一方で、『ミスター・フィリップス』と『土曜日』は、「ある一日の物語」という枠組みを除けば、『ダロウェイ夫人』との関係は一目瞭然というわけではない。にもかかわらず、これら二作品と『ダロウェイ夫人』を比較する研究は少なくない。ペンギン版『ミスター・フィリップス』の表紙には「中年男性版ダロウェイ夫人」として『USAトゥデイ』紙からの引用が掲載されている。(5)

主人公ミスター・フィリップスは、あるケータリング会社の会計士だったが先週解雇されたばかりである。そのことを家族に打ち明けられないまま月曜日の朝を迎え、いつも通りに家を出てロンドンの街をさまよい歩くという話である。

ウルフの作品が女性、意識の流れ、記憶などで特徴付けられるとするならば、『ミスター・フィリップス』の中心を占めるのは男性、肉体、ビジネスである。会計士という職業柄か、ミスター・

フィリップスの思考はすべて数字とデータに表される。例えば、どの位のイギリス人女性が金のために裸になるかを数頁にわたって真剣に計算する様子などが描かれる。ちなみに、クラリッサは主人公が勝手に性的妄想を抱いているグラマラスなテレビタレントの名前である。肉体的、物質的な欲望にまみれたミスター・フィリップスの一日は、ウルフの原作とはほとんど無関係であると言ってもよい。にもかかわらず、「中年男性版ダロウェイ夫人」としてウルフとの関係性が強調されるのはいったいどういうわけなのだろうか。その答えは、ポストフェミニズム時代と関係があるようだが、これについては五節で改めて取り上げる。

マキューアンが『土曜日』を発表したのは二〇〇五年である。ランチェスターの作品と同様、現代のロンドンが舞台で、主人公はヘンリー・ペロウンという名の脳神経外科医である。ペロウンは、ある土曜日の夜明け前に飛行機がヒースロー空港に向かって急降下していくのを寝室の窓から目撃する (13–19)。

作品冒頭に挿入されるこの場面は極めて重要な意味をもつ。ウルフの『ダロウェイ夫人』にもロンドンの空を飛行機が急降下する場面があるが、それはお菓子の宣伝用の曲技飛行であった。一方、『土曜日』でペロウンが目にする飛行機は、二〇〇一年に起こったアメリカ同時多発テロ事件の忌まわしい記憶を呼び起こし、主人公と読者に共通の不安を抱かせる。数時間後には、それがテロではなく機体の故障事故であったことが判明するのだが、ここで注目したいのは、事実がどうであったかということではなく、その光景が主人公と読者にどのような感情ないし記憶を喚起したか

ということである。冒頭で描かれる飛行機は作品全体に浸透する不安感を表す象徴的な役割を担っている。(6)

続く節では、これら四作品とポストフェミニズムの関係について考察する。具体的には、二〇世紀末に何故ウルフが再び注目されるようになったのかを検証していくが、その前に、九〇年代以降の思想体系について確認しておきたい。

四　新自由主義、ポストフェミニズムとウルフ

とりわけ世紀転換期に見られたウルフ人気について言うと、ポストモダン作家や脚本家たちが果たした役割は極めて大きい。彼らによって現代の読者や観客に受け入れられやすい作品ないし作家イメージへと作り変えられた可能性は否めないからである。その上で、ミッチェルが述べているように、イメージには「強制と隠蔽という二重の役割」があることを認識しておくことは重要であろう。イメージとは「透明な窓」などではなく、「不明瞭で、事実を歪曲する恣意的な表徴の機構、イデオロギーによる神秘化の過程を隠蔽する、自然らしさと透明さを装った欺瞞的外観を呈する類の記号」なのである（一〇）。

ジェイムズ・シフは、『ジ・アワーズ』によってウルフの原作は「アメリカ文化と大衆文化を嗜好する読者に気に入られるようなものに変えられた」と評している(369)。さらに、ウルフの原作

では上位中流階級が中心に描かれていたが、『ミスター・フィリップス』では、あえてイギリスの労働者階級を主人公とすることで、階級間の壁を越えた「対話」を可能にしたとも述べている(376–79)。しかし、これだけでは世紀転換期のウルフ人気を十分に説明できたとは言えない。

冒頭で述べた通り、九〇年代はフェミニスト不在の時代である。なるほど、かつて人々から恐られていた「モンスター」としてのウルフは影を潜め、代わりに前景化されるのは「こわくないウルフ」である。その最たる例が冒頭で紹介したジーの『マンハッタンのヴァージニア・ウルフ』に登場する陽気で冒険好きのウルフであろう。カニンガムの作品に登場するウルフでさえも、人に恐怖を与えるどころか狂気に怯える繊細な女性として描かれている。敢えて言うならば、「こわくないウルフ」を描き、「ヴァージニア・ウルフなんかこわくない」と実証することが、ポストフェミニズム時代の大きな特徴なのである。

そのようなポストフェミニズム時代の到来に新自由主義が大いに関係していることは三浦玲一も指摘する通りである(六四)。冷戦の終焉からグローバル化へという世界的な流れは、社会主義の衰退を意味すると同時に、それまであった右派 vs. 左派という政治的構図の見直しを余儀なくした。結果、「第三の道」として新自由主義という新たな関係性の構築へと軌道修正がなされたわけだが、それは、ジェンダーやセクシュアリティの問題においても同様であった。つまり、男性 vs. 女性、異性愛 vs. 同性愛という従来までの対立構造ではなく、お互いに譲歩し合い、平等の権利と自由を認め合うという考え方が指向されたのである。(7)

その結果、九〇年代には新しい女性らしさを象徴するものとして「自由選択」、「エンパワメント」、「ガールズパワー」といった語が多く使われるようになる。セクシュアリティにおいても個人の自由選択が承認されるようになった結果、ゲイおよびクィア文化がメディアで取り上げられる機会が増え、大衆の認知度も高まった。こうして新自由主義政策の下で新しい女性像とクィアは、自由と解放を象徴する記号として扱われるようになったのである。

しかし、これら「第三の道」についての議論が、従来までと同じ土俵で、すなわち、資本主義、白人、男性、異性愛を主体にしてなされているかぎりは、社会全体の覇権構造《ヘゲモニー》が変わることはない。

事実、新自由主義は、個人の「自由」を支持し、市場における自由競争を推進したが、それはあくまでも資本主義強化と企業利益を優先した「国家に有利な資産の再分配」でしかないとリサ・ドゥガンは指摘する (xii)。経済活動重視の新自由主義による再分配は、人種、ジェンダー、セクシュアリティ、国籍、民族、宗教など人間生活にかかわるすべてを市場原理のもとで一律に「市場文化」に還元してしまい、その結果、格差や不平等の根本的な問題点が見えにくくなるどころか、すべては「個人の問題および責任」であり、政治や経済とは無関係であるという欺瞞的レトリックが正当化されてしまったとドゥガンは強く批判する (11–12)。「自由選択」や「エンパワメント」という言葉は、一見魅力的だが、それらを実現させるかどうかも個人の自由意思に委ねられてしまったのである。

結局のところ、新自由主義が推奨し保証する権利とは「それぞれが『私らしさ』を追求し、自己実現を果たす」権利であり、それはあくまでも「ライフスタイルと消費にまつわる選択を自身が行う」権利でしかないとシェリー・バジェオンは述べている(281)。いつの間にか、人々の幸福のバロメーターが市場における成功すなわち、消費力によって推し量られるようになってしまったのである。

五　欺瞞《まやかし》のスポットライト

『ジ・アワーズ』が大成功を収めたおかげでカニンガムも一躍スター作家の仲間入りを果たすことになったが、作品の中でもスターの存在／非存在は重要なテーマである。(8) エリカ・スポーラは、スターは「商品」としてだけでなく、「文化的通貨」としての価値があると論じている。すなわち、スターは、それを所有する人の価値を定め、その通貨が流通する社会の価値をも決定付けると述べている(114)。では、ゲイ作家と往年のフェミニスト・アイコンが脚光を浴びる二〇世紀末の社会の価値とは、いったいどのようなものなのだろうか。

「ミセス・ダロウェイ」ことクラリッサ・ヴォーンは、スターへの憧れが強い人物として描かれる。花を買いに出かけた途中、映画の撮影現場で有名女優が放つ「名声というオーラ」(50)に心奪われる。詩人で元恋人のリチャードが「とにかくすごい」(17)賞を受賞し、晩にパーティを開く予定であることを友人に自慢して回るのも、彼女の承認欲求を表している。

その一方でクラリッサの今のパートナーであるサリーは、スターの放つオーラが欺瞞にすぎないことを知っている。彼女を昼食会に招待したオリバー・セント＝アイヴスは、それまでは売れない俳優であったが、ゲイであることを告白《カミングアウト》した途端に売れっ子スターとしてスポットライトを浴びるようになった。しかし、たとえ一時《いっとき》のスターになれたとしても、現実はゲイが主役になれる社会ではないことをサリーは知っている。

セント＝アイヴスがカミングアウトしたという記事が、女性ファッション雑誌『ヴァニティ・フェア』に掲載されたというのも示唆的である(93)。政治や社会的な話題としてではなくファッション欄で取り上げられるというのは、清水晶子が論じている通り、クイアがポストフェミニズム世代の若い女性たちの「アクセサリー」的な役割を果たしていることを暗に示している。[9] 確かにメディアで注目されるゲイの多くは、法的権利を求め社会の不平等を訴える性的少数派というよりは、流行の最先端を行き、古い考え方に囚われない自由人として表象されることが多く、同じくリベラルな考えをもった女性のよき理解者であったりすることが多い。しかし、それらはあくまでもポストフェミニズム時代が彼らに期待するイメージにすぎない。そのような役を引き受けることで、結果として、クイアを差別する社会構造を促進、助長することに自ら加担してしまっていると清水は指摘する（三二〇—二四）。

さらに、消費活動が女性の解放のバロメーターと見なされたと同様に、とりわけ二〇世後半の米国消費社会において、いわゆるＬＧＢＴは魅力的なニッチ市場であり、同性愛者たちの公民権と彼らの消費活動は切っても切れない関係にあるとアレクサンドラ・チャシンは分析する。二〇世紀末になってゲイ・レズビアン解放運動が急速に拡大し、クィア文化が脚光を浴びるようになったのも、彼らの消費者としての能力が買われてのことだとチャシンは述べている (23)。積極的な消費者となる限りにおいて、彼らも主役級のスポットライトを浴びることができたというわけである (12)。

一九二〇年代末を舞台にした『ミスター・ダロウェイ』の主人公は、自らのセクシュアリティに激しい罪悪感を抱き、それが発覚したときの周囲の反応と社会的制裁を考えただけでも「恐怖で動けなくなる」ほどの神経衰弱に陥っている (7)。一方、カニンガムの作品に登場する二〇世紀末のゲイたちは、それなりの仕事と社会的承認を得て、一見したところ満ち足りた日々を送っているかのように見える。しかし、本当に彼らは、一九二〇年代のリチャードが苦しんでいたような不安から解放されたのであろうか。表面化しないからと言って、不安が消えたとは限らない。以前に比べれば良い条件、拡がった雇用機会と社会承認を与えられることで、せっかく手にした限られた権利を奪われないようにするためにも、労働者、女性、同性愛者たちは、自主的な自己犠牲を強いられ、その不満を口にすることができなくなっている (disarticulation) とアンジェラ・マクロビーは注意を促している (18)。

このようなポストフェミニズム時代の特徴を考えると『土曜日』に登場する女性たちが皆できる女であるのも驚きではない。ペロウンの妻は優秀な弁護士、娘のデイジーは名門大卒で名誉ある賞を受賞した前途有望な詩人という設定である。

しかし、新自由主義時代の女性たちに与えられる栄光は、ほんの一過性のものに過ぎず、マキューアンの女性《ヒロイン》たちも例外ではない。晩に予定されていた一家団欒の場に男たちが乱入してきた時、妻と娘を救うのはペロウンと息子である。このクライマックスの場面は、表面上は女性を持ち上げておきながら実際はそうではないということを強く印象付けている。ペロウン邸に押し入った男にデイジーは全裸にさせられる。彼女が朗読したある一篇の詩が犯人に更なる犯行を思いとどまらせるという不自然な展開はさておき、この絶体絶命の危機を救った詩が詩人であるデイジー自身のものではなく、イギリスが誇る偉大な男性詩人のものであるというのは、なんとも皮肉な話である。

フェミニズムへの「バックラッシュ」は『ミスター・フィリップス』にも認められる。(10)作品に含まれる露骨な猥褻表現《ポルノグラフィ》がフェミニズムへの挑戦であるとするならば、題名にもその徴候が見てとれる。主人公は、作品を通して「ミスター・フィリップス」として表され、彼の名前《ファースト・ネーム》がヴィクター［Victor「勝者」という意味］であることが明かされるのは作品の中盤になってからである。しかも、その名前が使われるのはたった二回である。このような名前への拘りは、「ミセス・ダロウェイ」を意識したものと考えてよいだろう。ウルフの主人公の名前は、しばしばフェミニスト批評家たちによって父権社会体制を批判する際に引き合いに出されてきたからである。(11)

ミスター・フィリップスの言い分はおそらくこうだろう。女性労働者は女であるというだけで特別扱いされるが、男性に対しては何ら優遇措置もない。フィリップスもその犠牲者の一人であり、彼らはリストラに遭っても家族に弱音を吐くこともできず、一家の大黒柱としての重責を背負い続けなければならない。「ミスター・フィリップス」という名前からは、そのようなフェミニズムへの反論を読み取ることができる。

この作品が「中年男性版ダロウェイ夫人」として紹介される所以もまさにそこにあると思われる。『ミスター・フィリップス』は明らかにポストフェミニズム時代を風刺した作品であり、その中でウルフは姿こそ見せないものの相変わらずフェミニスト・アイコンとして扱われているのである。しかし、いくら作品のなかでポストフェミニズムをパロディ化したところで、問題が解決されるわけでも不安が解消されるわけでもない。作品の最後は「次に何が起こるか彼には見当もつかなかった」(291) という主人公の弱気なひと言で締め括られている。

六　ポストフェミニズムの先にあるもの

本稿では、ポストフェミニズムの勢いに乗じてウルフがヒット商品さらにはスターとして再び注目を集めるようになったことを見てきた。ウルフは第二波フェミニズム運動最中の六〇年代においては、恐怖と不安を象徴する「モンスター」と見なされていたが、世紀末においては「こわくないウルフ」として生まれ変わったかのように思われた。しかし、実際は、ポストフェミニズム時代においても、ウルフは不安と恐怖の潜在的表象として扱われている。世紀転換期に発表された『ダロウェイ夫人』関連作品に浸透する不安感が何よりの証左である。

二〇世紀末から新世紀にかけてウルフに当てられていたスポットライトはすでに消えかかっている。新自由主義による再分配により、多くの女性や性的少数派が自己実現の機会と個人の自由選択の権利を与えられたが、それによって人々が不安から解放されたかと言えば、決してそうではないからである。表面《うわべ》だけの自由と解放は長くは続かない。そのことに人々が気付き始めた時、第三波フェミニズムへの期待と不安が新たに生まれる。「ヴァージニア・ウルフなんかこわくない」というフレーズが今後も繰り返される限りは、人々の不安と欲望を体現する「モンスター」はさまよい続けるのだろう。

注

＊本稿は、二〇一四年一一月一六日、相愛大学で開催された日本ヴァージニア・ウルフ協会第三四回全国大会において口頭発表した原稿に大幅な加筆修正を加えたものである。

（1）『めぐり合う時間たち』（二〇〇二年製作、スティーヴン・ダルドリー監督、デヴィッド・ヘア脚本）; "Who's Afraid of Virginia Woolf?" *Newsweek* 27 Jan. 2001: 46–49; Daniel Mendelsohn, "Not Afraid of Virginia Woolf," *New York Review of Books* 13 Mar. 2003: 17–20.

（2）Silver, 102–14.

（3）『ダロウェイ夫人』の日本語訳は土屋政雄訳を参考にした。

（4）これら一連の「ダロウェイ」ブームの火付け役となったのが、一九九七年製作の映画『ダロウェイ夫人』（マルレーン・ゴリス監督、アイリーン・アトキンス脚本）である。

（5）James Schiff, "Rewriting Woolf's *Mrs. Dalloway*"; Henry Alley, "*Mrs. Dalloway* and Three of Its Contemporary Children," *Papers on Language and Literature* 42.4 (Fall 2006): 401–19; Monica Girard, "Virginia Woolf's *Mrs Dalloway*: Genesis and Palimpsests," *Rewriting/Reprising: Plural Intertextualities*. Ed. Georges Letissier, Cambridge: Cambridge Scholars Publishing, 2009, 50–64; John Banville, "A Day in the Life," Rev. of *Saturday, New York Review of Books* 26 May 2005: 12–14.

（6）『土曜日』が出版されてから半年も経たないうちに、ロンドン同時多発テロ事件が起き、作品冒頭で主人公と読者が抱いた不安は現実のものとなったことを付言しておく。

（7）三浦、七一―七六頁。

（8）『ジ・アワーズ』は一九九九年のピュリッツァー賞とペン／フォークナー賞を受賞した。

（9）ニューヨークのレズビアンバー「ザ・ダロウェイ」が紹介されたのも『ニューヨークタイムズ』紙の「ファッションスタイル」欄である。"The Dalloway," Fashion and Style. *New York Times* 16 Jan. 2013. Web. 7 Mar. 2022.

（10）「バックラッシュ」については、ファルーディ、九―二四頁を参照。

（11）「ダロウェイ夫人」の題名および名前がフェミニスト批評家たちによってどのように論じられてきたかについては、Showalter, xi–xiii を参照。

引用文献

Budgeon, Shelley. "The Contradictions of Successful Femininity: Third-Wave Feminism, Postfeminism and 'New' Femininities." *New Femininities: Postfeminism, Neoliberalism and Subjectivity*. Ed. Rosalind Gill and Christina Scharff. Basingstoke: Palgrave Macmillan, 2013. 279–92.

Chasin, Alexander. *Selling Out: The Gay and Lesbian Movement Goes to Market*. New York: Palgrave, 2000.
Cunningham, Michael. *The Hours*. 1998. London: Harper Perennial, 2006.
Duggan, Lisa. *The Twilight of Equality?: Neoliberalism, Cultural Politics, and the Attack on Democracy*. Boston: Beacon, 2003.
Gee, Maggie. *Virginia Woolf in Manhattan*. London: Telegram, 2014.
Lanchester, John. *Mr Phillips*. 2000. Harmondsworth: Penguin, 2001.
Lippincott, Robin. *Mr Dalloway: A Novella*. Louisville: Sarabande, 1999.
McEwan, Ian. *Saturday*. 2005. London: Vintage, 2006.
McRobbie, Angela. *The Aftermath of Feminism: Gender, Culture and Social Change*. London: Sage, 2009.
Schiff, James. "Rewriting Woolf's *Mrs. Dalloway*: Homage, Sexual Identity, and the Single-Day Novel by Cunningham, Lippincott, and Lanchester." *Critique: Studies in Contemporary Fiction* 45.4 (2004): 363–82. Web. 7 Mar. 2022.
Showalter, Elaine. Introduction. *Mrs Dalloway*. Harmondsworth: Penguin, 1992. xi-xlviii.
Silver, Brenda R. *Virginia Woolf Icon*. Chicago: U of Chicago P, 1999.
Spohrer, Erika. "Seeing Stars: Commodity Stardom in Michael Cunningham's *The Hours* and Virginia Woolf's *Mrs. Dalloway*." *Arizona Quarterly* 61.2 (2005): 113–32. Web. 7 Mar. 2022.
Woolf, Virginia. *Mrs Dalloway*. 1925. Harmondsworth: Penguin, 1992.
ウルフ、ヴァージニア『ダロウェイ夫人』、土屋正雄訳、光文社、二〇一〇年。
清水晶子「『ちゃんと正しい方向にむかってる』――クィア・ポリティックスの現在」『ジェンダーと「自由」――理論、リベラリズム、クィア』、三浦玲一・早坂静編、彩流社、二〇一三年、三一三―三一一頁。
ジェイムソン、フレドリック『目に見えるものの署名――ジェイムソン映画論』、椎名美智・武田ちあき・末廣美紀訳、法政大学出版局、二〇一五年。

ファルーディ、スーザン『バックラッシュ――逆襲される女性たち』、伊藤由紀子・加藤真樹子訳、新潮社、一九九四年。

三浦玲一「ポストフェミニズムと第三波フェミニズムの可能性――『プリキュア』、『タイタニック』、AKB48」『ジェンダーと「自由」――理論、リベラリズム、クィア』、三浦玲一・早坂静編、彩流社、二〇一三年、五九―七九頁。

ミッチェル、W・J・T『イコノロジー――イメージ・テクスト・イデオロギー』、鈴木聡・藤巻明訳、勁草書房、一九九二年。

三

「言葉」との呼応

第九章　ロゴスを持たない女たち
――『フランケンシュタイン』における女性による創造の禁忌――

淺田　えり佳

一　ロゴスの力

「初めに言《ことば》があった。言は神と共にあった。言は神であった。」　（ヨハネによる福音書一章一節）

ジャック・デリダによって用いられたロゴス中心主義という語句が音声中心主義と同義と解釈され、広く知られているが、キリスト教においてはこの「言」こそが“λόγος”［ロゴス］であり、“the Word”と英訳されているものである。あらゆる命の源であり、後にキリストとして受肉するこの言、すなわち神の子の存在は、ヴィクター・フランケンシュタインによって創造された怪物にとって聖書そのものといえる『失楽園』においても重要な存在として語られている。

引用した節は、創世記の天地創造の描写である「神は言われた。『光あれ。』こうして、光があった」（一章三節）の模倣であることは明らかである。「万物は言によって成った。成ったもので、言によらずに成ったものは何一つなかった」（ヨハネによる福音書一章三節）と語られるそのロゴスは、神による命の創造というプロセスを外れて生まれた『フランケンシュタイン』(1)の怪物にも宿っていたのだろうか。そして、「光あれ」という発語によって生まれた世界と同様に、父なる神と息子のゆがめられたミニチュアともいうべき父子関係を孕《はら》んだ本作において、脇に追いやられ夫に服従するイヴたる女性たちにもロゴスの恩恵――神の言葉を聞き取る力、あるいは自らの言葉で意思を発する力――は与えられているのだろうか。

二　恐怖の言葉にのぞく女性性

多く指摘されてきた通り、『フランケンシュタイン』の主要プロットである男性科学者による怪物創造は、一般的には女性の肉体が有する象徴的な力といっていいであろう出産の能力・役割の簒《さん》奪《だつ》である。ヴィクターはこの創造を呪われた悪事であったと悔いるが、それは、終始、産み落とした我が子の外見に起因する落胆や憎悪でしかなく、そこに神聖な生命創造の営みから女性を排除したことに対する罪悪感は存在しない。

しかし皮肉にも、女性を排除したことでヴィクター自身、女性性を内包することとなる。実験室という無機質な子宮を介してとはいえ、"labour"［労働・出産］に耐えたことは、母親の担う創造の過程を擬似体験しているに等しい。また、自らが生み出した怪物に怯え、神経衰弱の様相を呈するヴィクターは、山田麻里が指摘するように、母となった女性しか感じ得ない「母体の制御下にあった生命が独立した個体となり、自由意志によって活動を始めることに対する恐怖」（六三）を味わっている。以下はヴィクターが怪物を作り出した翌日、旧友のヘンリー・クラーヴァルと思わぬ再会を果たし、行動を共にしている場面である。


「ねえ、ヴィクター」クラーヴァルは叫びます。

「いったい、どうしたんだい？　そんな風に笑わないでくれ。具合でも悪いのか？　いったい何が起きたんだ？」

「聞かないでくれ」わたしは手で顔を覆って叫びました。部屋のなかに恐ろしい亡霊が忍び込んだような気がしたのです。

「《あいつが》話すよ。ああ、助けてくれ、助けて！」

怪物にとらえられたような気がして、必死にもがくうちに、わたしは発作を起こしてたおれてしまいました。（一巻五章）

このような妄想や精神的な発作は、当時女性特有の疾患とされていたヒステリーを想起させる。このヒステリーの語源は正にギリシア語の“ὑστέρα”［フステラ、子宮］であり、女性にしか無い器官が原因であると真面目に信じられてきたものだ。

自らが得たのは生命を生み出す祝福ではなく、それに付随する呪い——新しい生命に対する恐怖——であった。それを思い知らされたヴィクターの恐怖と後悔を掻き立てるのは、怪物の醜い見た目だけではなく、彼が「言葉」を発することなのである。無論、言葉は自分の意志を発信する道具であり、怪物の発話とヴィクターの恐怖との連鎖は、この生命創造が出産の模倣であることを示す証左の一つとなるだろう。

また、ヴィクターの両性的な要素は、クラーヴァルとの関係性にも読み取ることができる。女怪物の創造に二の足を踏みつつも怪物の脅威に怯えるヴィクターは、許嫁のエリザベス・ラヴェンツァとの結婚を父親に促されたことで、憂いを取り除くべくようやく重い腰を上げてイングランドへ渡ることを決めるが、父親の計らいで旅の同行者となったクラーヴァルに対して、精神面の支えだけでなく怪物から守る役割を求めている。

いやそれどころかクラーヴァルがいれば、一人で気も狂うようなことをあれこれと考えることから救ってくれる。わたしはそう考えて、心底喜びました。さらに敵との間に立ちはだかって、くれるかもしれない。一人でいれば、あいつがときどき醜い姿をさらして仕事を思い出させようとしたり、進み具合を確かめにくるかもしれないのです。（三巻一章）

「敵との間にたちはだかってくれる」というのは、あくまで怪物への牽制の意味でしかないかもしれないが、極度の不安の只中にあるヴィクターの言葉には、少年時代にクラーヴァルが憧れ、戯れに演じて見せた中世ロマンスの騎士そのものの役割を果たしてくれることへの期待が垣間見える。

怪物の伴侶を壊したことへの応酬としてクラーヴァルが殺されたことは、廣野由美子が「自分の性的伴侶を奪われた苦悩をフランケンシュタインに味わわせるために、フランケンシュタインの同性と異性の伴侶を選んだのではなかったか」（一八一）と指摘するように、彼がヴィクターにとって、許嫁であるエリザベスと同等かそれ以上の存在であることに疑いの余地はないだろう。そして、エリザベスはヴィクターの看病を自分［許嫁、あるいは女性として］の役割だと見なし、それを全うできないことを嘆くが、その代わりを務めるのはクラーヴァルである。このことは、彼とヴィクターの精神的なつながりの深さを表すと同時に、生殖とは違って旧弊的なジェンダーロールではあるものの、看病という女性の役割を奪うという意味で、クラーヴァルもまたヴィクターの女性排除の共犯者であることを示している。

ヴィクターによる幼少期の回顧を見れば、クラーヴァルとエリザベスのシンメトリーは生命創造の実験を契機として形成されたわけではないが、本節で述べたヴィクターの特に精神・身体における女性的特質は、擬似的な出産である生命創造の実験を機に顕在化している。そして、ヴィクターの実験において重要なポイントの一つが、怪物の存在を語っても信じてもらえないと繰り返すことである。

しかし自分が語らなければならないことを考えると、ためらう気持ちが湧いてきます。わたし自身がつくり、生命を与えた存在が、人も寄せつけないような絶壁で、真夜中にわたしと出くわしたことを、どうしたら話せるでしょう。また、あれをつくりあげたちょうどそのときに、自分が熱にうかされるように神経を冒されていたことも思い出しました。それでなくとも信じられないような話をすれば、ますます錯乱しているような印象を与えかねない。（一巻七章）

ジャスティーンの無実を知りつつも沈黙を続けるヴィクターの行動は、確かに保身が主たる動機であろう。しかし、擬似的な出産による女性性の顕れと精神錯乱を理由とする、自分の話を信じてもらえないという確信めいた懸念は、ヴィクターの内包する女性性が直感していた己の「言葉」の無力を意味するのではないか。エリザベスや父まで失い、いよいよ怪物の悪事を告発しようとしたヴィクターは判事にまともに取り合ってもらえず、忿懣《ふんまん》やる方なく引き下がる。これは本論の三節で扱う、エリザベスの法廷での言葉の無力さと重なる体験である。

三　言葉の無力

『フランケンシュタイン』の女性たちから奪われているのは生殖能力だけではない。時代背景を考慮すべきではあろうが、彼女たちは男性に依存して生活し、言葉を紡ぐことをはじめとした理性による活動をほとんど行わないのである。

ジェイムズ・P・デイヴィスは、ウォルトン、ヴィクター、怪物という三人の男性による語りにはそれぞれ女性の物語が内包されていることを指摘し、以下のように主張している。

フランケンシュタインが完成間近となった怪物の求める女怪物の身体を凝視したとき、その継ぎ接ぎの女の生殖能力や社会的自立の可能性に拒絶反応を示し、その姿形を引き裂いてしまう。後述するように、彼の実験室での行動は語り手としてのものと同じく、女性に語らせることへの恐怖を明らかにしている。彼は女性が生命と文章を生み出すことに反感を抱いているのである。つまり、女性の創造性の物理的および修辞的な「形態」両方を引き裂いているのだ。事実、三人の男性の語り手たちは、女性の物語を語るわずかな間においても、女性の声を破壊しようとする。(307)

まずは枠構造の外郭の語り手であるロバート・ウォルトンの姉のサヴィル夫人ことマーガレットの例を見てみよう。『フランケンシュタイン』のテクスト全体はウォルトンからマーガレットに向けて書かれた手紙の中に押し込まれているため、彼女は読者と最も近い位置にいる。構造上の理由もあるが、彼女は一切言葉を発することはできない。ウォルトンが姉に向かって語りかける内容には、姉への甘えとも解釈可能であるものの、女性は愛情深く温厚であって、男性を包容し慰める役割を持つもの、「家庭の天使」(2) という語の誕生まではまだ四〇年程待たねばならないが、正にそれと同様の思想が読み取れる。

> ぼくは、子供の頃は孤独に暮らしていましたが、もっとも大事な時代を姉さんの優しく女らしい愛情に恵まれて育ったおかげで、性格的に温厚になりました。（中略）ともかく当面はできるだけ機会を捉え、手紙をくだされればと思っています。僕の気持ちが支えをいちばん必要としているときに、姉さんの手紙を受け取れるかもしれませんから。（手紙二）

自分を励まし慰めよ、と明確に求めているわけではないが、前記の引用以外にも手紙は全面的にウォルトンの自分語りで占められている。手紙の中では、まだ序盤にすぎない彼の冒険譚が滔々と語られ、「失敗すれば、すぐに会えるか、それとも永久に［姉さんには］会えないかも」（手紙二）などといった擬似英雄的な言い回しをしている。このように苦しい冒険に臨む自分に陶酔するウォルトンにとって、姉は危険な冒険に身を投じる自分を心配し、母国で自分をいつまでも待つ『オデュッセイア』のペーネロペイアであり、輝かしい自叙伝の第一の愛読者なのである。だから、主人公兼作者であるウォルトンへの賛辞以外の言葉は不要なのだ。船で北極へ向かうウォルトンの手紙が一方通行で姉の返事が存在しないことも、こうしたウォルトンの無意識な女性の排除という印象に拍車をかけている。

また、ウォルトンが相続した親族の遺産を、自分の無謀な夢のためだけに蕩尽している点（手紙一）についても、マーガレットにはそもそも相続権は無かったであろうし、実際に経済的な打撃を受けたわけではないとはいえ、『フランケンシュタイン』に複数いる近親男性の無鉄砲によって財産を失う女性たちとの類似が指摘できる。[3]

　マーガレットはその言葉自体が顕在化しないが、フランケンシュタイン家の召使いであるジャスティーン・モリッツやヴィクターの許嫁であるエリザベスは、言葉を発しはするものの、それによって他者に働きかけ自らの意思を叶えることはできない。

　まずジャスティーンについて、彼女はヴィクターの末弟・ウィリアムの殺害の廉で裁判にかけられるが、自分の無実を積極的に主張しようとはしない。それどころか、状況が自分に不利であることを認めた上で、日頃の自分の行いによって罪人かどうかを判じてほしいと抗弁自体を放棄している。

> 「神様はわたしの潔白をご存じです。けれどもわたしは自分の言葉によって、無罪放免を得ようとは思っておりません。わたしにとって不利な証拠とされている事実をはっきり簡潔にご説明して、身の証を立てたいと思います。状況が疑わしい、あるいは不利だと思われるところは、日頃のわたしの言動に免じて、判事様が好意的に解釈してくださることを望むだけでございます。」（一巻八章）

ジャスティーンは論理的な主張をする言葉の力――ロゴス――を重視していない。それよりも、他者から見た当人の人間性という極めて曖昧な要素の方が、それに勝るとすら考えている。阿部美春は、『フランケンシュタイン』における女性像について、イヴ・リリト・マリアの三相を提示し、従属的な立場でありながらその性的魅力で男性を脅かすイヴは原罪の元凶であり、女性たちはすべからくその末裔として、生まれながらの罪人と見なしうることを指摘している（三四―三五）。確かに、ジャスティーンは殺人を犯していないのにその判断を男性である判事たちに委ねようとする。ジャスティーン自身は現世の罪は無くとも、女であれば生まれながらにイヴの罪が及ぶという意味では有罪であり、常に夫＝男の法に従わなければならないという『失楽園』の論理が再現されている。

エリザベスもまた、ジャスティーンの無罪を訴えるために法廷に立つが、その熱意の篭った言葉はまったく判事を動かせず、女性ながら「あえて発言を求めたことへの賞賛」（一巻八章）を集めたのみで、主張内容とは裏腹にジャスティーンの心証をかえって悪くしてしまう。この描写ではむしろ女性が自ら公的な場で言葉を発信することの特異性が浮き彫りにされ、最後まで涙を流しつつ何も言葉を発しなかったジャスティーンと同様に、言葉を駆使したエリザベスもまた、テクスト内ではロゴスの力を持たないのだ。(4)

とはいえ、エリザベスは『フランケンシュタイン』の女性たちの中では最も言葉を発する機会が多い。ヴィクターに向かって語りかけ、手紙の文面は度々詳《つまび》らかにされる。しかしながら、ヴィクターやクラーヴァルと過ごした子供時代の描写を見てみると、ヴィクターが科学的な読書やその論理を解き明かす探求心に燃え、クラーヴァルが中世ロマンス的な読書や詩作、演劇に没頭したのに対し、エリザベスの態度は非常に受動的である。

> ［クラーヴァルは］騎士道やロマンスの本を読むのも大好きで、英雄詩を書き、魔法や騎士の冒険物語を数多く書いていました。一緒に芝居をしようと言ったり、仮装をさせたりするのですが、（後略）（一巻二章）

> 彼女は詩人たちの創造世界を追いかけるのに熱心で、（中略）この同伴者が自然の壮大な姿を真剣な面持ちで満足そうに見つめているとき、わたし［ヴィクター］はその原因を探ることに喜びを感じていました。（一巻二章）

エリザベスは自然に感銘を受けながらも、それを自らの言葉で詩に託すことはなく、ただ見つめているだけだ。興味の範疇が同じ文学であるクラーヴァルの様子と比べると、彼女に許されるのは感受のみで、作品の創作の才能ないし権利は奪われていることが明瞭に浮かび上がる。

また、ジャスティーンの裁判以外でのエリザベスの言葉のほとんどは、家族を案じるものだ。いうまでもなく、その時点で彼女の家族は養父をはじめ男性のみである。唯一、ヴィクターに自分との結婚の意思を問うが、それとてヴィクターに決定権を委ね、結局のところ、ヴィクターの返答――言葉――により状況の進展を求めるものに過ぎない。

一八一八年に出版された初版では、エリザベスはより活発で外向的な性格であったが、一八三一年の第三版ではひたすら周囲の男性たちを励まし慰める存在へと作り変えられていることも、あたかもテクストの外という超越的な次元から口を封じられたかのようである。

四　怪物は口を封じる

言葉と女性たちの関連は、ジャスティーンとエリザベスの死からも読み取ることができる。ジャスティーンがどのように処刑されたかは明言されないが、一八世紀後半のスイスという設定を考慮すると斬首刑であろう。そしてエリザベスは怪物に首を絞められる。どちらも言葉を発する喉の機能を奪われているわけである。なぜ怪物は首を絞めるのか？　最初の殺人に至る怪物の言葉に、その理由の一端がうかがえる。

偏見の無い無垢な子供なら自分の仲間にできるのではないかと考えた怪物は、たまたま出くわしたウィリアムを誘拐しようとする。しかし怪物の目論見は見事に打ち砕かれ、ウィリアムは怪物の醜さに目を背け、その存在を否定するかのように必死に目を固く閉じて、次々と罵声を浴びせかける。

子供はまだ暴れて、悪口を言い続ける。絶望的になったおれは、子供の喉をつかんで黙らせようとした。すると子供は死んで、足下に倒れた。（二巻八章）

怪物は、目を背けられたことよりも、その「言葉」に傷つき、黙らせるために首を絞めるのである。怪物が扼殺《やくさつ》をするのは、彼の原始性や肉体の強靭さの象徴でもある。しかしながらこの告白を見ると、最初の殺人の衝動によって、怪物の復讐には言葉を発する力を奪うことが分かち難く組み込まれたのである。

怪物が生まれる前のことではあるが、ヴィクターの母・キャロラインの命を奪った猩紅熱《しょうこうねつ》は、一般的には咽頭痛から症状があらわれるとされる。言葉を発する器官である喉あるいは首を破壊され死に至る、という点でこれらの女性たちは奇妙な共通点を示していることは注目に値するだろう。エリザベスの末期をとってみても、彼女が発したのは助けを求める言葉でも、頼みとする夫の名前でも、怪物への罵声でもなく、ただ悲鳴とのみ記される言葉にならない音でしかない。

恐ろしい悲鳴が聞こえたのはそのときでした。（中略）首には悪魔の手で絞め殺されたあとが残り、その口から息が漏れることもありませんでした。（三巻六章）

そしてその音すら、結局は怪物によって喉を潰され、封じられてしまった。怪物と何らかのやりとりがあったかもしれないが、その言葉は当事者である怪物によって再現されることは永遠に無い。また、エリザベスの死に関しては、ヴィクターもその責任を負っている。自らの創造した怪物について最後まで黙秘を貫くことも、怪物の来襲を知りながら新婚の夜に彼女を一人にしたことも、悲劇的な死の要因であることは間違いない。[5] このヴィクターの行動を「言葉」という視点から見てみれば、エリザベスを別室で死なせたことによって、その夜の時点ではウォルトンに語ることを想定していなかったとはいえ、結果的に彼は妻の最期の言葉を取り零し、闇に葬ったことにもなるだろう。

五　捻じ曲げられた言葉

さて、言葉を発しない女性といえば、ド・レーシー家の息子・フェリクスを追って嫁いできたアラブ人のサフィーの存在も看過することはできない。彼女と言葉の関係は『フランケンシュタイン』の中で怪物のそれ以上に注視されているといってもいいだろう。サフィーはトルコ人の父親とキリスト教徒の母との間に生まれ、母親からキリスト教的な価値観を教わって育ち、いつか女性にとって閉塞的なアラブ社会から脱することを夢見ていた。これは著者メアリー・シェリーの母であるメアリー・ウルストンクラフトのアラブ世界に対する批判的思想が反映されている箇所であろう。サフィーは父親がフランス政府に拘束され、義憤によって彼を支援したフェリクスと知り合い恋に落ちるのだが、サフィーはフランス語を話すことができない。もちろんフェリクスもサフィーの言語を話すことはできない。彼らがどうやって意思の疎通を果たしたかというと、サフィーの方が自分の言語をフランス語に翻訳させて——つまりフェリクスの言葉に寄せて——手紙を交わしていたのである。しかし、通訳を挟んだ時点でそれはサフィー自身の「言葉」からすでに変容し、純度を保ったままでフェリクスに届くことは決して無いのだ。

加えて、この手紙はある種の小道具として使われてもいる。読者はその手紙の内容を読むことはできないにもかかわらず、怪物は自分の身の上話の証拠としてこの手紙の写しの存在を挙げ、ウォルトンもその手紙の写しを実際に読んだと語る。読者にはその内容が知らされない手紙が、あたかも怪物の話——ひいては怪物の存在そのもの——が事実である絶対的な証拠として一度ならず取り上げられることで、語り手の意図に反して真実味は失われてゆく。それこそが仕掛けの本意であるかのようだ。

また、サフィーはド・レーシー家に嫁いできたことで、彼らの言語であるフランス語を習得すべくレッスンを受けることになる。これは自分の「言葉」の封印である。しかし、その結果フランス語でサフィーの自発的な語りが達成されたかというと、最後まで練習であり模倣でしかない。もしくは、彼女を語る語り手である怪物によって黙殺されている。怪物は、サフィーよりも自分の方がフランス語の習得が早かったとヴィクターに述べているが、それは彼の巧みに言葉を操る能力や優れた知性を示すだけのものではないだろう。エリザベスやジャスティーンと同様に、サフィーは女であるが故に、言葉を思いのままに操ることが禁じられているのである。

一方、ド・レーシー家の娘であるアガサも、サフィーの父であるトルコ商人を助けようとしたフェリクスの所為で、パリでの裕福な生活を奪われた被害者である。このアガサの言葉もまた、怪物による覗き見の記録には残されない。アガサは実際に命を奪われることはなかったが、怪物は伝えないことでその言葉を殺しているのだ。逆説的にいえば、サフィーとアガサは怪物の語りの中だけにしか存在しないため、殺さなくとも「言葉」を奪うことができるのだ。

六　語る我が子

そしてもう一人、命を奪われた女性がいる。怪物のために作られた名も無き怪物のイヴである。彼女は、言葉を発するどころか光を見ることもなく殺される。

阿部は「新婚の床を境に女性の身体は、妊娠と出産の車輪をまわす母性の轍につながれる」(三六)と指摘している。『フランケンシュタイン』の女性たちは、結婚を経て母の列に加わり、妊娠出産が確定的な未来になったことが理由で死ななければならない、というわけである。それは家父長制の維持に必要な子を成す母を滅ぼすという父から見捨てられた怪物の復讐という側面があるとされる。

その一方で、やはり出産＝死というつながりはメアリー自身の体験と切り離すことができない。

メアリーの母が産褥熱《さんじょくねつ》で死亡したことはあまりに有名であるが、それ以外にもメアリーと出産の間にはいくつもの悲劇が横たわっている。また、初版執筆中の一八一七年には妊娠中であった。そして彼女自身、一八三一年出版の第三版の序文にこう綴っている。

そして今一度、私の醜い子孫［創造物］が広まり育つよう願う。私はこの子孫［創造物］に愛情を持っている。それは、死や悲しみが単なる言葉に過ぎずして、私の心に真に谺《こだま》することのなかった幸福な日々の産物だからだ。本の中では私が独りではなかった頃の幾多の散歩や馬車旅、会話が含まれ語られるが、それらを共にした片割れはこの世には無く、二度と見《まみ》えることはない。(6) (10)

周知の通り、一八一八年から一八三一年までの間に、メアリーは娘のクレアラと息子のウィリアムだけでなく、この作品を書くきっかけを作ったジョージ・ゴードン・バイロンと義理の妹クレア・クレモントの間に生まれた娘や、そのバイロン自身、そして夫のパーシー・ビッシュ・シェリーなど身近な人々を次々と亡くしている。そうした折り重なる不幸がメアリーの心情に重苦しくのしかかり、このような厭世的な文面を書かせたのではあろう。

だがそれに加えて、彼女が先に引用した序文で「子孫［創造物］」と呼ぶこの作品には、彼女の夫との記憶が託されていることが示されている。彼女にとってこの作品は死んだ夫［シェリーは執筆に関与しているから、もう一人の親、あるいはその父」の似姿たる我が子であり、出版を通して増殖し、夫あるいは家族の記憶を半永久的に語り続ける、新しい一族の祖とも見なしうる。幸福な記憶を込められながらもグロテスクな物語に仕上がったという点でも、その「子孫［創造物］」には、ヴィクターに創造された怪物との相似が見られる。そして、この作品も怪物と同じように、自分の中の記憶――メアリーから受け継いだ記憶――を語るのである。そのためには怪物は自己増殖的であらねばならない。伴侶を得て成された子は、いってしまえばその分、記憶の純度が下がるということになるのだから。

そうしたメタフィクション的な視点から離れて物語の地平に降りてゆけば、なぜ怪物は母［またはその候補］を殺すのか、それはひとえに殺人者たる怪物にとっての女性のアーキタイプがイヴであったことと如実に関係しているであろう。

新婚の床で殺されたエリザベスや、怪物たちの繁殖を恐れたヴィクターによって比喩的に中絶された女怪物が生殖に大いに関連があるのはもちろん、未婚女性のジャスティーンも、フランケンシュタイン家の妻ないし母であるキャロラインのレプリカといっても差し支えない存在であることは見逃せない。彼女はエリザベスとは違ってフランケンシュタイン家の娘にはなれなかった。実母からは忌避され、娘として迎えられたエリザベスとは対照的に、女主人であるキャロラインと擬似的な母娘ともなれず、ただその模倣によって当初から母［キャロライン］のレプリカであった。若い娘でもあるジャスティーンは、はじめは怪物からは恋人と呼ばれるも、眠っている彼女が身じろぎしたことで、ウィリアムから奪った母［キャロライン］の肖像画の女もジャスティーンも自分を責め嫌うに違いないという怪物の憎悪の対象となってしまう。

アン・K・メラーは、寝台の上でのエリザベスの殺害の様子がハインリヒ・フュースリの絵画『夢魔』(*The Nightmare*) と酷似していることを指摘しているが (121)、納屋で眠るジャスティーンに怪物が忍び寄る場面でも、怪物と夢魔の近似性を読み取れる。その一方で、この場面は怪物のアダムおよびサタンの二面性が表現されている場面でもある。ジャスティーンを目にした怪物は、最初は恋人として囁きかける。

「美しい女よ、目覚めよ。汝の恋人がそばにいるぞ。汝の瞳から一度でも愛情に満ちた眼差しを受けられれば、命も投げ出す男がいるのだ。恋人よ、目を覚ますのだ！」（二巻八章）

これは、『失楽園』を教科書として学んだ怪物が、アダムから眠るイヴへの囁きを模倣しようとしたものと考えられる。

「眼を覚ますのだ、わたしの佳耦《つま》よ、美しい女《もの》よ、わたしが何よりも最後に見出したものよ、神の最後にして最善の賜物よ、常に新鮮な喜悦《よろこび》よ！　さあ、眼を覚ますのだ！」（五巻）

アダムに起こされたイヴは、夢の中でアダムを真似た誰かに同じように囁かれたことを語る。その正体は人間の堕落を目論むサタンで、彼の言葉は女性の持つ危険な力――男性を支配しうる性的魅力――の賛美であり、禁断の知恵の木の実を食べよという邪《よこしま》な囁きである。

怪物はジャスティーンの目覚めの予兆を境に豹変し、魅了され恋人とまで囁いた彼女を死に至らしめる策略を実行に移す。これはまるでイヴの目覚めにはサタンの悪性の暴露が付帯するものと定まっているようである。

おれの身体を恐怖が駆け抜けた。女が目を覚ましておれを見たら、呪いの言葉を吐いて、殺人鬼となじるのではないか？　その目を開いておれを見れば、必ずそうするに違いない。
（二巻八章）

ここでも怪物の憎悪の動機の中で、実は「言葉」が占める部分が大きいことが読み取れる。

実際にはジャスティーンは目覚めず、怪物の想像のように彼を糾弾することはない。その恐れを現実にしたのは、謂れのない憎悪をぶつけられ処刑されたジャスティーンではなく、怪物を生み出したヴィクターである。彼は怪物に生命を与えた後、正に怪物の恐れ通りに彼を忌避し、その後も延々と怪物、悪魔と罵り呪いの言葉を吐き、殺人鬼と詰るのだ。以下は怪物誕生の際のヴィクターの行動である。彼の目覚めと怪物への拒絶が連動している。

恐怖ではっと目が覚めると、冷たい汗が額に浮かび、歯ががちがちと鳴って、四肢が痙攣しています。そのとき、窓の鎧戸を通して月の弱々しい黄色い光が差し込んでくると、あいつの姿が目に入りました。わたしがつくりあげたあの惨めな怪物です。ベッドのカーテンを上げて、その目が——いや、あれを目と呼べるとすればですが——こちらをじっと見つめている。口を開いてよくわからない音を発し、歯をむき出すと頬にしわが寄りました。何かしゃべったのでしょうが、わたしには聞こえません。片手を伸ばし、わたしを捕まえようとしたのですが、それを逃れて、わたしは一目散に階下へ下りました。（一巻五章）

そうして見ると、ジャスティーンの覚醒の予兆に連動した怪物の感情の変遷も、ただ単に自らが史実だと信じた『失楽園』での出来事を想起してイヴの邪悪な「言葉」を封じようとしただけでなく、自身が生みの親に捨てられた体験が喚起された可能性も考えられる。寝台の上で目覚めたヴィクターが我が子を目にして嫌悪した記憶が、ジャスティーンを妻ないし恋人から母へと転換させるトリガーとなったのである。ジャスティーンがヴィクターらの母と重ねられていることを怪物は知らない。しかし、エリザベスによって語られる両者の物腰の類似によって、ジャスティーンがキャロラインのコピーであることは明示されている。自分の醜さを目にした異性からの拒絶に対する絶望に加え、悪魔の誘惑の夢から覚めて男を罪へと唆《そそのか》す邪悪なイヴへの憎悪、そして自己体験に基づく目覚めた親からの拒絶への怨嗟。エリザベスやキャロラインと違って未婚であったにもかかわらず、ジャスティーンは、美しい恋人、断罪すべきイヴ、子を放棄し得る母親という全ての要素を持っていた。だからこそ怪物は、彼女から自分を拒絶する「言葉」を永遠に奪うために死をもたらしたのだ。ジャスティーンは他の犠牲者たちと違って直接は殺されず、陥れられたのだが、それ故に前述の法廷の描写につながり、却って彼女とエリザベスの「言葉」の無力さが読者に露呈することになるのである。

七　父と息子の共犯

彼女たちの死と言葉のかかわりを見ると、その対象は拡大され、彼女たちは出産能力を奪われただけでなく、あらゆるものの源であったロゴス——言葉——を発することを禁じられ、ただ模倣と受容のみを求められた存在として扱われていると考えられる。そうした抑圧された状況は男性たちによる創造の独占であり、この『フランケンシュタイン』という作品に期待されたであろう自己増殖的な語り、そしてテクストの根幹をなす父と息子の父権的で単性的な構造の再生産という野望の実現のために必要不可欠な排除でもある。

父と子、アダムとその従属的な存在であるイヴの世界をお手本として吸収した怪物は、女性の美に感銘を受けはするものの、自分本意な道理によって命を奪う。殺害に至らなかったド・レーシー家の女性たちについては、彼女たちの「言葉」を聞き手に語らず闇に葬るという方法で黙殺する。

そうしてみると、怪物は自らの創造主への復讐を謳いつつも、結果的にヴィクターによる女性からの生殖能力の簒奪に手を貸している構図になっているのだ。

『フランケンシュタイン』の女性たちは、言葉を、自らの理性で思考する能力を、そして父と息子たちの関係によって堅固に組み上げられたキリスト教的な枠組みからも疎外される。怪物の抱える生まれながらの苦しみは、自分自身も女性の排除によって産まれ、自らの手で女性たちを殺してゆく彼こそが、アダム同様に、しかしイヴの存在無しに背負わねばならない第二の原罪ともいえるだろう。

注

（1）本論では一八三一年出版の第三版について取り上げる。
（2）コヴェントリー・パトモアの同名の詩（一八五四―六二年）による。
（3）ヴィクターの母・キャロラインは、実父の事業の失敗とプライドの高さのために貧困に陥り、ド・レーシー家の娘アガサは兄の自己犠牲的な正義感のためにパリを追われ、同じく困窮を強いられる。
（4）ヴィクターもジャスティーンの擁護をするも判事たちに取り合ってもらえなかったと語るが、それはあくまで怪物を作ったことへの非難を恐れて真実を隠していたことが大きいだろう。事実、擁護の言葉そのものへの言及は無い一方で、「熱を込め、怒りを交え」（一巻八章）た感情的な弁護であったことが示されている。

（5）鵜飼信光は、「命を与えることの重み――『フランケンシュタイン』における生と死」において、ヴィクターがエリザベスを間接的に死に追いやっている点について、自分の死と、秘密が家族に露呈することへの恐怖に加え、我が子である怪物への愛憎がエリザベスへの愛に勝ったという三つの可能性を指摘している。（一四七―四八頁）

（6）『フランケンシュタイン』からの他の引用は、小林章夫による訳を引用しているが、序文については単語の省略箇所があるため、筆者による試訳を付す。

引用文献

Davis, James P. "*Frankenstein* and the Subversion of the Masculine Voice." *Women's Studies: An Interdisciplinary Journal* 21.3 (1992): 307–22.

Mellor, Anne K. *Mary Shelley: Her Life, Her Fiction, Her Monsters*. New York: Routledge, 1989 .

Shelley, Mary. *Frankenstein; or, The Modern Prometheus*. Rev. ed. Maurice Hindle. London: Penguin, 2003.

阿部美春「フランケンシュタイン・コンプレックス」『身体で読むファンタジー――フランケンシュタインからもののけ姫まで』、吉田純子編、人文書院、二〇〇四年、一三一―五三頁。

鵜飼信光「命を与えることの重み――『フランケンシュタイン』における生と死――」『生と死の探求』、飯嶋秀治、片岡啓、清水和裕編、九州大学出版会、二〇一三年、一三七―四九頁。

共同訳聖書実行委員会『聖書　新共同訳――旧約聖書続編つき』、日本聖書協会、一九八八年。

シェリー、メアリ『フランケンシュタイン』、小林章夫訳、光文社、二〇一〇年。

廣野由美子『批評理論入門――「フランケンシュタイン」解剖講義』、中央公論新社、二〇〇五年。

ミルトン、ジョン『失楽園』〈下〉、平井正穂訳、岩波書店、一九八一年。

山田麻里「出産神話としての『フランケンシュタイン』」『フランケンシュタイン』、久守和子・中川僚子編著、ミネルヴァ書房、二〇〇六年、六二―七三頁。

第一〇章　時空を超える少女たち
――「幸せな秋の野原」の構造をめぐって――

木梨　由利

一　麦畑の風景

エリザベス・ボウエンは、『パリの家』や『エヴァ・トラウト』などの長編小説で注目されて来た一方で、約八〇編の短編小説も発表している。[1]「古い家での最後の夜」のように四頁にも満たない作品もあり、平均でも一〇頁前後のものが多い中で、「幸せな秋の野原」は、タイトルの前後の余白も含めて一五頁と、やや長めの作品であり、構成の面から見ても興味深い短編と言えよう。ウィリアム・トレヴァーが、「最も優れた作品の一つ」(Lassner 168)[2]と記すなど、全体的な評価も高い。本論では、この作品の構造上の特殊性とその意味について考察する。

「幸せな秋の野原」は、次のような描写で始まる。

歩いている家族の一行は、人数がとても多かったにもかかわらず、散らばる者も脱落する者もなく、二人とか三人ずつまとまった列になって刈り株の上を進んでいった。山岳用のステッキを持ったパパが先頭に立ち、両側にはコンスタンスと幼いアーサーが並んでいた。ロバートというとこのセオドアは熱心に話し込んでいて、傍らにエミリがくっついていたが、完全に横並びというわけにはいかなかった。次にはディグビーとルシアスが、右や左のミヤマガラスに向かって、想像上の銃で狙いを定める真似をしていた。ヘンリエッタとサラがしんがりを務めていた。(671)

登場人物には、それぞれファースト・ネームは与えられているが、場所や背景となる時代についてはまだ具体的な情報は記されない。ただ、その後、一頁ばかり読み進めていくと、家族の状況がもう少しわかってくる。パパは、見渡す限りの広大な畑を所有する大地主で、今年の収穫は上々であったこと、コンスタンスは長女で、結婚を望む相手もすでに決まっていること、パパに手を引かれて歩いている末っ子のアーサーは、まだ幼児といってもいいくらいに幼いことなど。彼らがなぜ皆で歩いているのかというと、明日は、男の子たちが寄宿学校へ戻る日であって、この領地をしばらく見ることもないので、今日は、家族のお別れの行事として、揃って歩いているというわけなのである。学校に戻ることについて、ロバートは喜んでいるようにも見える。彼は二男で、この領地の後継ぎではないし、来年は大学に進学するだろうと思われている。一方で、ミヤマガラスを撃つ真似をしているディグビーとルシアスは、学校に戻ることを嫌がるほどではないまでも、学問よりも猟の方が好きなのかもしれない。「一人を除く全員が歩いている」(672)という文の「一人」が誰であるのかはまだ不明であるが、「幸せな秋の野原」というタイトルとも相まって、最初の一頁ばかりの語りで伝えられる家族の様子は、何か楽しいできごとを想像させる。ジョン・コンスタブルが描く『小麦畑』の絵の色調をもっと明るくし、刈り入れ中の農民たちを、戸外を楽しむ若者たちに置き換えたような、そんな風景が目に浮かんでくる。

ここまでの物語を進めていくのは、主として、全知の語り手である。語り手は、時には、その立場にあるものしか知らないことを伝える。たとえば、パパが、自分の両隣を歩くべきものとして、娘らしく成長した長女とまだ幼い末っ子を「彼の本能」(671) で選んだということなどは、全知の語り手以外知りようがない。しかし、語り手は、時にサラの視点も利用している。「前方で黄金色の刈り株を踏んでいる他の者たち全員を見、彼らを知り、お互いの関係を知り、彼らの名前を知り、自分自身の名前を知っているのはサラであった」(671) とか、父に「注意は向けても、想いは父の上にはない」コンスタンスの「想いがどこにあるかを探り当て」(671)、「セオドアが自分に注意を向けてくれないことにエミリが深く傷ついていることを知るのはサラであった」(671) などの表現に見られるように、作者は、登場人物の中でもとりわけサラの視点を通して語りを続ける。

語り手による描写が、サラとヘンリエッタの会話に変わった時、家族の中でも、とりわけこの二人が重要になることが確信される。ヘンリエッタには、「男の子たちが家を出る時は悲しいけれど、行ってしまったら悲しくなんてないわ」と公言するようなさばさばしたところがあり、一方で、姉のサラに並々ならぬ深い愛情を抱いている。あまりにも深すぎて、サラが、「私たちはいつまでも一緒よ」と言っても、ヘンリエッタは、「あなたが私を待たずに先に生まれることを選んだことが忘れられない」と恨み節を言うほどなのである(672)。先を歩く一行から遅れることを気にするサラに対して、ヘンリエッタは、むしろ自分たちだけで歩けることを喜んでいるし、サラもまた、前方の様子を気にしつつも、妹と二人の世界を楽しむことに異議はなさそうに見える。

ところで、先に、「一人を除いて」という表現があったことに触れたが、その「一人」が誰であるかわかるのは、さらに二頁ほど後のことである。この一人とは、長男のフィッツジョージのことで、彼は、軍隊に所属しているが、今はちょうど休暇中なのであろう、実家にいることが姉妹の会話を通して示される。彼が、一人だけ家族と歩くことを免除されていることに関しても、姉妹の軽口めいた会話が交わされるが、そこに、緊張が加わるのは、まさにその兄と彼の連れが、騎馬で近づいてくるのをヘンリエッタが見つけた時である。彼女は、兄たちへの合図のために、ハンカチを出して振り、サラにも同じようにするようにしきりに促す。「もし私たちが目に入るとすれば、もう見えたに違いないわ」と、乗り気な様子を見せず、「石のように突っ立った」(674)サラは、ヘンリエッタのハンカチの隅に血の染みと噛んだ跡があることを見てしまっている。そして、ヘンリエッタが、兄の名は呼んでも、兄の連れの名前を口にしないことが何を意味するのか、サラには十分理解できるのである。従って、兄の連れ、つまり、フィッツジョージの友人で、近隣に住む若き地主のユージーンが近づいて来るのを待つことは、サラにとっては拷問にも近いものになるのである。

ユージーンの後から来たフィッツジョージは、家族の他のメンバーと合流するためにそのまま馬で行ってしまうが、すでに馬から降りていたユージーンは、姉妹と一緒に歩くことを選ぶ。左側を歩くサラと、右側を歩くヘンリエッタの間に、右手で馬の手綱を取るユージーンが割り込むような形になる。彼は何か話しそうでいて話さないが、サラの方にかがみこむようにして、歩調をサラの歩調に合わせて歩いている。サラは無言でひたすら地面を見ているが、ユージーンの、不自然な姿勢のために額に落ちてくる長い髪をかき上げながらかがんで歩いている、その「崇高な行為」(675)を心に刻み、彼の口元に浮かんだ微笑をまざまざと思い描くことができる。彼女の頬には赤みがさして、「彼らの目が合えば二人の愛は成就するだろう」(675)と見えるまでになっている。そんな時、ヘンリエッタの口から、サラの心を刺し貫くような歌が漏れ始める。幸せだった姉妹の上に、得体の知れない不吉な影が差し始めるのである。

二　空襲の中で

ヘンリエッタの歌に言及がなされた直後のパラグラフの地の文に、突然、読者に違和感を覚えさせる言葉が登場する。これまで登場人物のことを三人称で語ってきたのに、一人称の「私たち」や、「私たちの」という代名詞が現れるのである。しかしながら、違和感を抱くのはほんの一瞬のことで、多くの読者はそのまま、物語の続きを追うことになるのではないだろうか。しかし、その直後、物語は、読者を大いに当惑させる場面へと展開する。

「ヘンリエッタ……」

手が飛び出してきて、その手のこぶしでぶたれた痛みの衝撃――サラの手か？　目が開いて、ぶたれたのではなく、手が当たったのだとわかった。テーブルの角があった。テーブルの上や電話の上を、白くて砂混じりの埃が覆っていた。鈍い、それでいて突き刺すような白い光が室内と天井の残骸をいっぱいに照らしていた。彼女が真っ先に考えたのは、雪が降ったのに違いないということだった。(675–76)

ヘンリエッタやサラが登場する物語の背景となる時代は明示されてはいなかった。しかし、年下のヘンリエッタを除く二人の女の子は裾の長いドレスを着ているし、騎馬の青年たちも登場する。それならば、第一次世界大戦より後ということはないだろう。モード・エルマンは、「服装や呼びかけ方から判断して、ヴィクトリア朝の後期であろう」(170) と述べている。(3) それなのに、今、ヘンリエッタの名をつぶやく「彼女」の傍らには、その時代に一般家庭にまで普及していたとは考えにくい卓上用の電話がある。

「彼女」の名は、先の物語とは異なって、語り手によって明かされることはない。ただ、その場に登場するもう一人の人物――「彼女」が「トラヴィス」と認識する男性は、彼女を「メアリ」と呼ぶ。トラヴィスは、どうやら彼女のボーイフレンドであるようで、彼女の住まいであるテラスハウスは爆撃されて危険だから、自分が確保したホテルに避難するようにと説くが、彼女はそれに応じようとはしない。少々長いが、彼女の意識を表したパラグラフを引用する。

　この部屋とトラヴィスがいるということの非現実性が、これが夢であるならあり得るとわかっている夢のかけらのように彼女を苦しめた。周囲が半ば廃墟になっていることは彼女を驚かせたが、それがある種の仕掛けか罠であることに較べれば衝撃は小さく、ともかく、彼女は、それが荒廃した状態であることを喜んだ。トラヴィスに関して言えば、彼女を愛する二人から引き離しておく陰謀において、彼自身の役割を持っていた。彼女は、彼が今では自分自身に意味がないと感じ始めているのを感じた。彼女は、彼がヘンリエッタやユージーンや彼女の喪失を知らないからといって彼を軽蔑しないように努力した。彼は好意的ではあったが、所有欲と怒りを伴う好意は、もちろん、彼とメアリの物語の部分であり、昔読んだ本のように、はっきりと覚えてはいるが、関心のないものであった。麦畑でその瞬間が彼女を待っているのに、ここで時間をとられていることに半狂乱になって、彼女はメアリの肉体と恋人を背負わされている奇怪さに笑いを浮かべるしかなかった。彼女は、カバーのかかっていない枕から頭をあげ、自分をとらえていると思う身体に沿って組んだ足の先まで目をやった。関係のないメアリの肉体はベッドの上に重くのしかかり、身に着けた短くて黒いモダンなドレスには漆喰の粉が降りかかっていた。黒いスェードの靴の先がひどく白くなっていて、メアリが、落ちた天井によじ

上ったのに違いないことを示していた。(677)

この一節が示すように、女性の肉体はメアリであっても、そこに宿るのはサラの意識なのである。その後も、語り手は「彼女はメアリの手にあくびをした」(677) というように、「彼女」とメアリは別ものであることを示す書き方を続ける。「彼女」は、この部屋で古い文書類から貴重なものを選別し始めたばかりという。そうした文書類がどこから来たものかは彼女自身も説明することはできないが、その中にサラたち姉妹を写したものであるらしい写真を発見する。その写真を確保して、彼女は、二時間だけ一人にしてくれるようにとトラヴィスを説得し、この場面は閉じられる。

三　交錯する過去と現在

その後、舞台は再び冒頭の物語の時代——ヴィクトリア時代——に戻る。ただ、場所はもはや戸外ではなく、地主の邸宅の応接間に変わっている。地主自身は登場せず、代わりに、最初の場面では姿を見せなかったママがいて刺繍をしている。サラやヘンリエッタと一緒にユージーンもいるが、三人の間にはまだ緊張した空気が漂っている。ヘンリエッタは、すぐにやんちゃな振舞いに出た以前とは異なって、「背中をまっすぐにして座り」、「サラを決して見ないことで、二人が永遠に失ったものを示していた」(679)。一方、折々サラに向けられるユージーンの目は、「まだ宣言していない愛の陰謀」(679) があることを示しているし、彼は、サラが落としたジェラニウムの葉をハンカチで包んで大切に胸のポケットにしまうことで、彼女に対する愛情を人前でも隠さない。とは言え、その気持ちはまだ公言されることはない。そうこうしているうちに、兄弟姉妹が入ってきて、ユージーンは翌日の来訪を約束して暇を告げようとする。明日が来ないかも知れないとサラが不安を訴えることで、姉妹とユージーンの間の緊張が最高潮に高まったところで、場面は「メアリ」の物語の続きを描く。

新たな爆撃により、キャラコの窓は裂け、天井はさらに落ちる。家のあちこちで物が崩落する音が聞こえなくなり、息を詰まらせるような漆喰の粉が降るのがようやくおさまって、野原に戻ることはもう不可能だと「メアリ」が悟ったところへ、トラヴィスが戻ってくる。トラヴィスが確保したホテルへ向かうタクシーの中で、彼女は「自分は、ある一日からちぎれた破片と一緒に残されたか、そうでなければ夢からこぼれた人間なの」、「私にはヘンリエッタという妹がいたの」(684) なとと言うが、トラヴィスは、自分が一人でいる間に見つけた情報を冷静に伝え、彼女はサラでもないし、サラやヘンリエッタの子孫でもあり得ないと返すのである。

それにしても、一つのタイトルのもとにおさめられた、時代も場所も雰囲気も異なる二つの物語は一体どのように関係しあうのであろうか。地主の家族に関わる古い文書が、どうしてメアリの家にあるのかまでは詮索しないとしても、先に引用したメアリの意識の描写には、本当にサラの霊が「メアリ」の肉体の中に囚われているのかと思わせるような真に迫ったものがある。ボウエンがいわゆるゴースト・ストーリーと呼ばれる短編を幾つも書いていることを知れば、これもその種の作品なのかと考えたくなる。

そうした疑問に答えるための手がかりを、ヴィクトリア・グレンディニングによる伝記は与えてくれる。彼女は、爆撃を受けている家の中の少女は、田舎の大家族の夢を見ているのだとして、「これら二つの物語についての重要な点は、記憶、あるいは夢が現実のような感じや色合いを持っているということである」(179) と述べる。

サラたちの物語がメアリが見た夢として設定されていることを仄めかすヒントは確かに幾つか存在していた。トラヴィスの、メアリに対する最初の言葉は「目が覚めた、メアリ？」であったし、既に述べたように、メアリが眠りに落ちる前に地主一家に関わる古い文書を見ていたことも、二人の会話で示されていた。サラの精神がメアリの肉体に縛りつけられているという感覚にしても、メアリが夢の中でサラになりきってしまっていたとしたら、目覚めた後でも、そのような感覚はしばらく残るかも知れないと思えてくる。だとすれば、作品の枠組みを作っているのは地主の物語ではなくて、むしろ、空爆を受けているメアリたちの方だということになる。

詩人が夢で見たことを語るという文学形式は古代から存在したし、中世には夢想寓意詩と呼ばれる形式の詩も多く書かれたという。しかし、古英語で書かれた「十字架の夢」や、一四世紀の詩人ウィリアム・ラングランドの『農夫ピアズ』などでは、詩の書き手が夢を見ているのだということを最初に明示しているので、夢を見る人間の状況と、夢の中での状況を混同することはない。そのような書き方を当然のように受け入れている読者にとっては、「幸せな秋の野原」が混乱を招くものと感じられたとしても、無理のないことと言えよう。

しかし、翻って考えると、ボウエンという作家は、時間軸を無視した語り方をすることが往々にしてあるということが思い出される。例えば、『パリの家』の第一部は「現在」と見出しを付けられて、母を待つ少年レオポルドと、やはり迎えの人を待つ少女ヘンリエッタの「今」を描くが、第二部「過去」では、レオポルドの母カレンを中心に、一〇年前の「今」が綴られる。そして第三部では再び子どもたちの現在の物語に戻る。レオポルドを迎えに来るはずだったカレンは結局来ることがなかったが、代わりにその夫のレイがやって来て、少年の不確かな未来は読者の想像に任されるままに物語は終わる。第一部と第三部の「現在」の物語に第二部の「過去」の物語が挟み込まれるという構成は『リトル・ガールズ』でも変わらない。『パリの家』では中心的となる登場人物が異なっているのに対して、『リトル・ガールズ』では、同じ女性たちの少女時代と高齢になった現在を描くという違いはあるものの、第二部で時間を戻すという手法は共通している。長編小説だけでなく、短編小説でも同じような構造の作品があることが思い出される。たとえば、ボウエンの、やはり代表作の一つである「悪魔の恋人」は、ドローヴァー夫人を描く現在の物語の間に、二四年前の、キャサリンと呼ばれた娘時代のできごとが挟み込まれている。これほど明確に時間を区切らずに、現在と過去を行きつ戻りつする書き方もボウエンは度々行っている。『日ざかり』や『エヴァ・トラウト』などでそのような場面を見つけることは少しも難しいことではない。

そのようなことも思い合わせれば、「幸せな秋の野原」で、現実よりも夢の方から書き始めるなどということも、ボウエンにとっては少しも奇異なこととは思われなかったであろうと想像できる。そして、仮に、メアリの物語が冒頭に置かれたとすれば、この物語の面白さはほぼ失われてしまったのではなかろうかということも想像がつくのである。

ところで、ここで改めて、サラたちの物語の最後にあったパラグラフの意味を考えておきたい。ヘンリエッタの歌に胸を貫かれる思いをするサラのことを描いた文に続くパラグラフ［本論の一節で言及］のことである。

私たちは空を背にして高いところにいた。家族が私たちの視界に入ってきて、私たちが彼らの視界に入った。彼らは止まって、石切り場への下り坂で待っている。美しい彫像のような一団は（中略）ヘンリエッタとサラとユージーンの周りに列を詰めようと待ちながら、遅れた者たちに裁くような眼を向けている。もう一瞬遅れたらもう間に合わないだろう。これ以上意志を通わすことは不可能だろう。止めて、ああ、止めて、ヘンリエッタが歌う、胸がつぶれるような歌を！　彼女をもう一度抱きしめてあげて！　たった一つしかありえない言葉を言ってあげて！（675）

サラたちの物語が、メアリの夢、もしくは幻想であるとすれば、ここで用いられる「私たち」には、メアリ自身も含まれていて、メアリがサラたちと一体化してしまっているということを示しているのであろう。メアリの意識は、直後にサラたちから離れて、第三者として二人を見守っているが、姉妹の関係が変化しようとしているのを目にして、心を痛めて叫んでいるということなのであろう。

メアリがここまで鮮明な夢を見るのはなぜなのか。自分がサラ自身であるとか、あるいは、サラやヘンリエッタの子孫であると思い込むのはなぜなのか。

メアリが眠りに落ちる直前にサラたちに関わる文書を調べていたことは、もちろん、大いに関係があるだろうが、彼女の思い込みは自己防衛の一つの形と見ることもできそうである。ボウエンは、戦争中の人々の心理状態について、次のように述べている。

物語の中の幻想は危険ではない。（中略）幻想は無意識で、本能的で登場人物の側の救いとなるものだ。戦争による統制で機械化された生活と、変化によって引き裂かれ、貧しくなった情緒は《何とかして》もとの完全なものにならなければならなかった。事実、戦時中、イギリス、とりわけロンドンでは人々は奇妙な深い夢を見たのである（*MT* 96）。[4]

つまり、メアリが夢を見たのは、戦争という異常事態を乗り切るためのごく自然な現象だったということになる。彼女をとりまく現実の世界では、家も家具も破壊され、確かなものがなくなりつつある。そういう状況にあるからこそ、失われた豊かさや安定の幻想を、繁栄していたとされるヴィクトリア時代に投影したと言えるのかも知れない。

四　ゴースト・ストーリーとしての側面

しかし、そう考えてみても、やはり、この作品をリアリズムの観点からのみ解釈して納得することは難しい。なぜならば、夢の世界、もしくは幻想の世界に入り込むのは、メアリだけではないと思われるからなのである。

散歩から帰った後、ママの応接間で、サラは弟のアーサーに向かって「今日は何をしたの」と尋ねて、アーサーやヘンリエッタに不審がられる。自分がハンカチを振ってユージーンを止めたことまでサラが忘れるはずはないと、ヘンリエッタは思っている。しかし、サラは、自分がその後眠ってしまったような気がする、もし眠っているのでなかったとしたら、どうしてあのような悪い夢を見たのかと言うのである。彼女は、自分が感じている、秩序が崩壊したという感覚、一秒一秒が失われつつあるという恐れを周囲にうまく伝えることができなくて、もどかしさを感じるが、その感覚こそが、彼女が実際に、爆撃を受けている最中のメアリの世界に行っていたということを仄めかすものであると思われる。つまり、メアリが一方的にサラの夢を見ていたということではなくて、サラは、時間や空間を超えて二〇世紀のロンドンにいて、崩壊しつつある世界の危うさを感じ取ったということではなかろうか。メアリの肉体に囚われていると感じた魂は、本当にサラのものだったのかも知れないのである。この作品を、ゴーストが第三者にもわかる形で登場する「五月はピンクのサンザシ」や「緑のヒイラギ」などと同列に並べてゴースト・ストーリーに分類することは適当ではないかもしれないが、超自然的なできごとが物語を進めていることは否定できない。フィリス・ラスナーも、この作品を、「ゴーストは存在しないが、現在が過去に取りつかれることで初めて意味を持つ」と評している (105)。

ボウエンは、「ゴーストは、伝統的には、暴力的な行為と関連があるとされてきたが、暴力的な行為とは、肉体的に加えられる一撃に限られるのではなく、精神面を狙った残虐性の方がもっと残酷であり、最も深い傷を与える残虐行為は心理的なものである」という趣旨のことを述べている (Lasnner 137)。(5)

サラが、ゴーストに近い形で二〇世紀を訪れていたのであるとすれば、その理由となったサラの痛みとは何なのだろうか？　まず考えられるのは、彼女が置かれた不安定な状況であろう。ユージーンと彼女がお互いに思いあっていることに疑いの余地はないとしても、ユージーンはまだ求愛することの許しを父親である地主から得たわけではない。また、許しを得られたとしても、恋人、あるいは夫としてユージーンを選ぶことは、すなわち、ヘンリエッタを傷つけることであることを彼女は理解している。

いや、しかし、それ以前に、彼女を取り巻く世界が非常に危ういものであることに、彼女はすでに気がついているのである。その危うさは、物語の冒頭から仄めかされていた。地主にとってコンスタンスは自慢の娘かも知れないが、彼女の心が父には向いていないのに、父はそれを知らないでいる。また、一方で、幼いアーサーは大人の歩幅に合わせようとして、一生懸命スキップをしたり跳んだりしているが、サラの目には、父親につかまれた手はねじれて囚われているように見える。地主は末の子をかわいがっているように見えはしても、実際は幼い子どもの実情など何も考えてはいないということを暴露しているのである。また、後継ぎで、比較的自由にふるまえる長男に対して、二男以下は何の権限もないことで、ディグビィとルシアスは悲哀と犠牲者の反感を隠し持っている。こうした家族の危うさは、エミリが靴ひもを結びなおそうと急に立ち止まったために、後に続くものたちが玉突き現象で倒れたり、倒れそうになるというエピソードにも象徴的に表されている。

父親が絶対的な権限を持つ父権社会の特徴は、サラたちの物語の後半の部分でも表れている。地主の妻が、自分の感情を表すことを許されているのは応接間だけで、夫がいない時に限られており、娘の恋愛や結婚についても、何の発言権も持ってはいないように見える。彼女の応接間では、花瓶やアルバム、人形までが、落ちそうで落ちない、倒れそうで倒れないという、非常に微妙な均衡を保っているだけなのである。そして、エルマンが指摘するように、実は、至るところに落下のイメージが散りばめられている(170)。落ち葉、落日、想像上ではあるが、撃ち落されるミヤマガラスなど。これらのイメージはいずれもとても美しく、ボウエンの批評家の間でしばしば指摘される、視覚的な描写の見事さへの評価を裏書きするものではあるが、同時に暗い予兆を感じさせるものでもある。

サラが見ているのはこのような世界である。そして、ユージーンが来ると約束した明日が来ないかもしれないと恐れるサラの不安は、的中したことが最後に明らかにされる。しかも、ここでも「落ちる」というイメージが繰り返されている。ユージーンは、地主の屋敷から帰る途中、馬から落ちて、亡くなったらしいということが、古い手紙を読んだトラヴィスによって明かされる。そして、この後、サラもヘンリエッタもいずれも結婚することなく、若くして亡くなったらしいというのである。離れる必要がなくなった二人ではあるが、幸福だったのかどうかはわからない。

わからないと言えば、ユージーンが落馬した状況も謎のまま残されている。誰もいないはずの夜の野原で馬がおびえてユージーンを振り落としたらしいのであるが、馬は何におびえたのか。ニール・コーコランは、サラとヘンリエッタの姉妹愛は極端なものであり、また、二人は同じ男性に恋心を抱いていて、ユージーンはヘンリエッタの願望のために不自然な死を遂げたと解釈する(156)。他方太田良子は、短篇集『幸せな秋の野原』に付した作品解説において、ヘンリエッタが「サラを自分から奪ったユージーンに、サラを与えることを自分の口から伝えるために、彼女が誰もいない暗い静かな野原に走り出たことで、ユージーンの馬をおびえさせた」可能性を指摘する(三二八)。ヘンリエッタは、ユージーンが屋敷を出る前に、「明日また来てね」と言いながらも、激しい言葉を投げつけている。

「彼女はぜったいに私の見えないところへ《行ったり》はしないわ。（中略）私とサラの間に何かが割って入ろうとしたって無駄よ。そう、明日いらっしゃい。（中略）でも、サラと二人っきりになれる人はいないでしょうね。あなたは自分が何をしようとしているのかさえわかっていないのよ。実は《あなたよ》、何か恐ろしいことを起こすのは。(683)

彼女は、厳しい言葉を投げたものの、さすがに言い過ぎたと反省して、ユージーンを追って行ったのだろうか？　あり得ないことではないだろう。しかし、これだけのことを言う少女が、即座に気持ちを変えることができるものなのか？　また、父の支配が強く、兄弟姉妹が多い家で、一人前にもなっていない少女が一人で野原に出ることができるのだろうかとの疑問も消えない。オープン・エンディングはボウエンが度々用いる手法であるが、ここでも、彼女は、結末を読者の想像に委ねたままでペンを置く。しかし、失恋の結果、姉を好きな男性を死に追いやるというような解釈には同意できないにせよ、これまでの超自然的な物語の展開を考えるなら、日中の散歩の途中で、ヘンリエッタの痛みが「科学的な光線のように」(675) サラの心を貫いたように、彼女の痛みが馬を脅かしたのだと考える方がしっくりくるような感じもある。いずれにせよ、一見幸せそうに見えたヴィクトリア時代の家族の風景の奥にある不穏さが、サラとヘンリエッタの物語から浮かび上がってくるのである。

五　垣間見える歴史

「幸せな秋の野原」は風変わりな作品ではあるが、ボウエンの体験に裏付けられた作品でもある。第二次世界大戦の間、ボウエンは、アイルランドで所有しているビッグ・ハウスであるボウエンズ・コートに戻ることなく、英国情報省での任務をこなしていた。その間、ロンドン大空襲の被害も日常的に目にしていたわけだが、自身も空襲の直接の被害を被っている。グレンディニングによれば、一九四四年の夏、当時住んでいたロンドンのクラレンス・テラス二番地で、九死に一生を得る体験をしたという。「唯一戦前の面影を残していた」というその家の「窓はすべて砕け、天井が落ちた」という被害の状況は、メアリの体験と一致している。ボウエンは夫と共に、しばらく友人のフラットに避難することを余儀なくされるが、そこで猛烈な勢いで書いたというのが「幸せな秋の野原」であったという (183–84)。

一方、サラたちの物語の方は、アングロ・アイリッシュの子孫としてのボウエンと関係している。作品そのものの中には場所を明示する部分はないが、ボウエン一族が住んだコーク州が念頭にあったことを、この作品が収録された短編集の序論で、ボウエン自身が記していたという (*IS* 6)。[6] 登場人物たちは、ボウエンの父たちの世代の兄弟姉妹をモデルにしているといい、実際、散歩の光景は、彼らが交代で書いた日記の内容 (*BC* 327–29 etc.) を連想させる。[7] 物語中のパパは、エリザベスの祖父のロバート・ボウエンに相当するのであろう。彼は、ボウエンズ・コートの領主としては、極めて有能であったと思われるが、子どもたちには厳しい父であったようである。とりわけ、長男、つまりエリザベスの父が、領地の経営に専念するよりも法廷弁護士になることを選んだために生じた、父子の間の確執は決して和らぐことはなかった。ついでに言えば、サラやヘンリエッタという名前が時々ボウエン家の系図に現れることも興味深い。

しかし、それだけではなく、ボウエンが、さまざまな記録を集めながら『ボウエンズ・コート』を執筆する中で、一族の歴史やアイルランドの歴史を見つめたことも、「幸せな秋の野原」を書くにあたって少なからず関係しているのではなかろうか。一七世紀にアイルランドで創設され、その繁栄の象徴ともいえる邸宅、ボウエンズ・コートを建てたボウエン家の歴史は、もともとは、初代のヘンリー・ボウエンが、軍人としてアイルランドへの侵攻に参加して、クロムウェルによって広大な土地を与えられたところから始まっている。一族が少しずつ土地や力を得ていく過程を描く一方で、ボウエンは、侵入者によって土地を奪われた先住のアイルランド人たちの苦しみを、「亡霊」の言葉を用いて思いやる（*BC* 77）。ボウエン一族は他のアングロ・アイリッシュに比べれば近隣のアイルランド人たちとも良好な関係を結んでいたようで、一九二一年に他のビッグ・ハウスが立て続けに焼き討ちにあった時も災難を免れてはいる。しかし、イングランドとアイルランドの間には長い間にわたって支配者と被支配者の関係があり、多くの血や涙が流されたことを、ボウエンは、歴史に向き合いつつ実感したに違いない。そしてまた、個人のものであれ、国家のものであれ、「過去」と「現在」は決して別々のものではなく、ひとつながりのものであること、「過去」のできごとによって、「現在」があること、そして、未来もそれに左右されるだろうことも、彼女は実感し、また、読者に示そうとしていたのではないかと思われる。例えば『パリの家』で、少年レオポルドと母カレンの物語が別々の枠組みの中で語られていても、それらは決して切り離すことのできない関係にあると同様に、「幸せな秋の野原」のメアリとサラも、赤の他人でありながら、時空を超えてつながりあい、それぞれの時代の悲しみを映し出す。わずか一五頁の短編ではあるが、ボウエンは、独特の作品構造を用い、超自然的な要素も含め、深い含蓄を持つ表現を全編にちりばめることで、少女たちの悲しみのみならず、イギリスの歴史の流れまでをも垣間見せるのである。

注

（1）発表された短編は八〇編以上あるが、現在入手が容易なのは Angus Wilson が序文を付けている *The Collected Stories of Elizabeth Bowen* であり、これには七九編が収録されている。

（2）William Trevor, "Between Holyhead and Dun Laoghaire" (review of *The Collected Stories of Elizabeth Bowen*), *Times Literary Supplement*. 6 February 1981, 131. Reprinted in Phyllis Lassner, *Elizabeth Bowen: A Study of the Short Fiction*, 168.

（3）Ellmann による判断の材料としては、本論の冒頭で物語に基づいて筆者が指摘した材料だけでなく、後に続く部分からも取られていることはお断りしておく。

（4）Elizabeth Bowen. The Preface to *The Demon Lover and Other Stories*, 1945. Reprinted in Elizabeth Bowen.

The Mulberry Tree, 96.（*MT* と略記）

（5）Elizabeth Bowen. The Preface to *The Second Ghost Book*, 1952. Reprinted in Lassner, 137.

（6）Victoria Glendinning. Introduction to *Elizabeth Bowen's Irish Stories*, 6.（*IS* と略記）

（7）Elizabeth Bowen の *Bowen's Court* には十数ページにわたって引用されていて、その中には散歩への言及も多数見られる。（*BC* と略記）

引用文献

Bowen, Elizabeth. *The Collected Stories of Elizabeth Bowen with an Introduction* by Angus Wilson. New York: Alfred A.Knopf, 1981.

——. *Elizabeth Bowen's Irish Stories with an Introduction* by Victoria Glendinning. Dublin: Poolbeg, 1978.

——. *Bowen's Court*. 1942. New York: The Ecco, 1979.

——. *The Mulberry Tree: Writings of Elizabeth Bowen*. Ed. Hermione Lee. London: Vintage, 1999.

Corcoran, Neil. *Elizabeth Bowen: The Enforced Return*. Oxford: Oxford UP, 2004.

Ellmann, Maud. *Elizabeth Bowen: The Shadow Across the Page*. Edinburgh: Edinburgh UP, 2003.

Glendinning, Victoria. *Elizabeth Bowen*. New York: Alfred A. Knopf, 1978.

Lassner, Phyllis. *Elizabeth Bowen: A Study of the Short Fiction*. New York: Twayne, 1991.

ボウエン、エリザベス『幸せな秋の野原』、太田良子訳、ミネルヴァ書房、二〇〇五年。

あとがき

幼少のころ、祖母の家で、夜中に強い雨がザーザー降っている音に目覚めた。翌日の昼、養蚕室の桑の葉の上で、所狭しと蚕が並んでせっせと桑を食んでいるのを見たとき、昨夜聞いた音は、雨ではなかったことを知る。蚕の一生は約四週間で、日に三回給桑《きゅうそう》が必要なので、この時期祖母たちは多忙だったに違いない。蚕に興味を持ち、飼育を試みた。熟蚕になって、糸を吐きながら繭を作る光景から目を逸らすことができなかった。繭がだんだん大きくなるにつれて、蚕の大きい体は、だんだん透けて縮んで小さくなって、繭の中にとり込まれて、やがて見えなくなった。そして白い楕円形の繭ができあがった。不思議な世界であった。このときの印象が強くて、皇后（現上皇后）美智子様が「養蚕」にご興味をお持ちであるという新聞記事に目が向くようになった。歴代皇后から継承されている「伝統を大切に」との思いから、「小石丸」という純日本産蚕の飼育が続けられている。「御歌　真夜《まよ》こめて秋蚕《あきご》は繭をつくるらしただかすかなる音のきこゆる（昭和四一年「秋蚕」）」（『皇后陛下傘寿記念　皇后さまとご養蚕』）は、畏れ多いが最も心に響く御歌である。二〇二〇年、「現皇后雅子様が、その後を継ぎ」（『朝日新聞』）、二〇二一年には、「ご一家で御給桑や上蔟《じょうぞく》も行った」（同紙）と掲載されていた。

タイトルを考えていたとき、遠い昔の繭を作る蚕の記憶が蘇り、「言葉を紡ぐ」が脳裏をかすめた。作品を丁寧に分析して、自らの言葉で、論旨を構成し、論考を完成する。独自の読みが、その書物を手にした読者に伝わり、英文学をともに楽しむことができればとの思いが込みあげてきた。作家が精魂込めて紡いだ作品を、時間をかけて正確に紡ぎたい。今私たちは、簡単な言葉でツイートし、スマホでラインをするソーシャルメディアの只中にいる。ファーストな知が持て囃され、映像はリッチでリアルである。しかしその中に埋没すると、別の可能性や、複数の意味や解釈があることを忘れてしまいがちになるのではないだろうか。真偽を見極めるリテラシーを持つことは大切である。そのためには、作家の十分吟味され、練り直された文章を読み、感性を磨くことであろう。ネット社会に流され、のみ込まれないように、紙の本に触れ、文脈を確かめながら、じっくり読みたい。

文学の凋落が叫ばれてから久しいが、それでも毎年学生から「英文学のお勧め本は何か」と問われた。紹介すると、図書館で借りるだけでなく、熱心な学生は購入してその読後感を知らせてくれた。シラバスに記載した文学作品を、「時間の関係で扱えない」と告げると、「楽しみにしていたから、もっと詳しい説明をしてほしい」と抗議を受けたこともある。そんなとき、玉井久之教授（現外国語学部教務部長、留学生別科教務部長及び学修コーディネーション・コミッティ委員長を兼務）から、本書企画の提案があった。大学における文学研究が厳しい現状を鑑み、ささやかな論文集を編んで、学生に示唆を与え、研究者にも興味を持っていただき、自らを鼓舞できるような書物を刊行したいという出発点であった。それゆえ執筆者に外大教員が多い。さまざまな紆余曲折を経て、現在の執筆者が決定した。昨今叫ばれている女性のエンパワメントを意識したわけではないが、すべて女性である。非常勤講師で教壇に立ったころ、学部によっては自分が紅一点で学生たちはすべて男性だったことを思うと、隔世の感がある。

本書は、作家が重ならないこと、執筆者の問題意識を大切にすること、研究の成果を余すところなく発揮することを旨とした。アプローチも力点の置き方もさまざまであるが、具体性を持たせるためにカテゴリーを設定した。一「言葉」と作家（作品の特別な言葉と作家の意識や信条）、二「言葉」と時代（当時と現代）、三「言葉」との呼応（言《ことば》と構造）である。本書の最初と最後は奇しくもシニアが、その間を脂が乗った中堅と新進気鋭の若手が、健筆を揮っている。文学が時空を超えて、心の琴線に触れることを念頭に置いて、「10の扉」は皆「言葉を紡ぐ」ことに精励恪勤した。編集の面では、執筆者の専門領域を視野に入れつつ、縦書きの書物として表記の統一をした。例えば、最新版ではない *MLA* に準拠するが、print の文言や URL は省略、原文の大文字は山括弧、イタリックスはダブルの山括弧、執筆者の補足は角括弧で強調は傍点、できるだけ英語を用いないなどである。執筆者のご協力のおかげで、滞りなく作業を進めることができた。この場をお借りしてお礼を申し上げたい。

微力ながら最善を尽くしたが、思わぬ誤字脱字や不備は、忌憚なくご教示願いたい。読者諸氏からのご意見やご指摘を頂戴できれば幸いである。

最後になり恐縮ではあるが、本書の出版をご快諾くださり、細部にわたって行き届いた労をお取りくださり、ご配慮くださった音羽書房鶴見書店社長の山口隆史氏に心より謝意を表したい。

二〇二三年一月

渡　千鶴子

ナ

ハ

タ

索　引

高橋　路子（たかはし　みちこ）
近畿大学准教授　博士（文学）

［主要業績］
『「はるか群衆をはなれて」についての10章』（共編著、音羽書房鶴見書店、2017）、『幻想と怪奇の英文学Ⅳ——変幻自在篇』（共著、春風社、2020）、『終わりの風景——英語圏文学における終末表象』（共著、春風社、2022）

淺田　えり佳（あさだ　えりか）
関西外国語大学助教

［主要業績］
「『ドラキュラ』における異性を疎外する絆——手記の閲読と秘密の共有」（『九大英文学』第58号、2016）、「恐怖に汚染される胎児——Bram Stoker作品における妊娠と出産」（『九大英文学』第62号、2020）、「『フランケンシュタイン』における父子像とミソジニー」（『九大英文学』第64号、2022）

木梨　由利（きなし　ゆり）
金沢学院大学名誉教授

［主要業績］
『エリザベス・ボウエンを読む』（共著、音羽書房鶴見書店、2016）、『めぐりあうテクストたち——ブロンテ文学の遺産と影響』（共著、春風社、2019）、『エリザベス・ボウエン——二十世紀の深部をとらえる文学』（共著、彩流社、2020）

する眼差し――『シャーリー』と『メアリー・バートン』における語りの比較」（『ブロンテ・スタディーズ』第6巻　第5号、2019）、「ブランウェル・ブロンテの先見の明――『羊毛は高騰する』における羊毛投機の表象」（『英文學研究支部統合号』第13巻、2021）

友田　奈津子（ともだ　なつこ）
関西外国語大学講師

［主要業績］
『十七世紀英文学における終わりと始まり』（共著、金星堂、2013）、「『田舎の墓地にて詠める哀歌』の消された夜」（『英文學研究支部統合号』第8巻、2016）、「墓場のジョン・ダン――『別れ、窓に彫られた私の名前』におけるスペクタクル化された復活」（『関西外国語大学研究論集』第116号、2022）

橋本　史帆（はしもと　しほ）
関西外国語大学准教授　博士（文学）

［主要業績］
『トマス・ハーディの小説世界――登場人物たちに描き込まれた国際事情と「グレート・ブリテン島」的世界』（単著、音羽書房鶴見書店、2019）、「トマス・ハーディの『日陰者ジュード』における登場人物たちの移住と帰国の意味」（『関西外国語大学研究論集』第113号、2021）、「アンソニー・トロロープの『ジョン・カルディゲイト』における移住と帰国」（『関西外国語大学研究論集』第116号、2022）

麻畠　徳子（あさはた　のりこ）
大阪成蹊短期大学講師　博士（文学）

［主要業績］
「イギリス『作家協会』設立の文化的意義」（『ヴィクトリア朝文化研究』第13号、2015）、『ディケンズとギッシング――底流をなすものと似て非なるもの――』（共著、大阪教育図書、2018）、「ウォルター・ベザントのプロフェッショナリズム」（『ハーディ研究』第15号、2019）

執筆者紹介（執筆順）

渡　千鶴子（わたり　ちづこ）
元関西外国語大学教授　責任編集

［主要業績］
『文芸禮讃——イデアとロゴス——内田能嗣教授傘寿記念論文集』（共著、大阪教育図書、2016）、『「はるか群衆を離れて」についての10章』（共編著、音羽書房鶴見書店、2017）、トマス・ハーディ全集『ラッパ隊長』（共訳、大阪教育図書、2020）

山内　理惠（やまのうち　りえ）
神戸市看護大学教授　博士（学術）

［主要業績］
「『牧師の娘たち』に見られるオースティンの影響」（『ジェイン・オースティン研究』第10号、2016）、『めぐりあうテクストたち——ブロンテ文学の遺産と影響』（共著、春風社、2019）、"The Treatment of Grief in *Wuthering Heights*" (*Brontë Studies* Vol. 45, Issue 4, 2020)

野中 美賀子（のなか　みかこ）
高知工業高等専門学校講師

［主要業績］
"Tracing the Similarities in Coleridge's and Tōkoku's Conceptions of Nature"（『比較文化研究』第140号、日本比較文化学会、2020）、"Supernatural Power in Coleridge's Three Ballads"（『比較文化研究』第144号、日本比較文化学会、2021）、「映画 *The Wizard of Oz* を用いた実践英語教育」（『映像メディア英語教育研究』第27号、2022）

古野　百合（ふるの　ゆり）
鈴鹿工業高等専門学校准教授

［主要業績］
「『ワイルドフェル・ホールの住人』における読むことと書くことの疑似体験」（『ブロンテ・スタディーズ』第6巻　第2号、2016）、「労働者階級に対

言葉を紡ぐ
——英文学の10の扉

2023年3月10日　初版発行

責任編集　渡　千鶴子
編　著　橋本　史帆
発行者　山口　隆史
印　刷　シナノ印刷株式会社

発行所　株式会社 音羽書房鶴見書店
〒113-0033 東京都文京区本郷3-26-13
TEL 03-3814-0491
FAX 03-3814-9250
URL: http://www.otowatsurumi.com
e-mail: info@otowatsurumi.com

Printed in Japan
ISBN978-4-7553-0437-8
組版　ほんのしろ／装幀　吉成美佐（オセロ）
製本　シナノ印刷株式会社